LE ROMAN DE RASPOUTINE

Né à Moscou en 1950, Vladimir Fédorovski est diplomate pendant les grands bouleversements à l'Est, promoteur de la Perestroïka. Auteur à succès, il a écrit à ce jour vingt titres, traduits dans vingt-deux pays.

Paru dans Le Livre de Poche :

LE FANTÔME DE STALINE
LE ROMAN DE LA RUSSIE INSOLITE
LE ROMAN DE L'ORIENT-EXPRESS
LE ROMAN DE SAINT-PÉTERSBOURG
LE ROMAN DU KREMLIN
LES TSARINES

VLADIMIR FÉDOROVSKI

Le Roman de Raspoutine

ÉDITIONS DU ROCHER

Avertissement

Les dates de l'histoire russe sont données dans le calendrier julien jusqu'à sa suppression, le 1er février 1918.

ISBN : 978-2-253-17357-1 – 1re publication LGF

Pour se rapprocher de Dieu, il faut beaucoup pécher.

Grigori RASPOUTINE

Le mythe et l'Empire

En Russie, les monarques peuvent devenir ermites, les fols en Christ, gravir les marches les conduisant au trône et les écrivains, prétendre à être prophètes. Si les frontières demeurent floues entre la religion, la littérature, la politique et l'érotisme, cette étonnante symbiose fut incarnée par des personnages hors pair. Les Russes inventèrent d'ailleurs un terme pour exprimer cette influence : la *raspoutinerie* ou la *clique Raspoutine* (*raspoutinchtchina*), du nom de la célèbre éminence grise du tsar, qui joua un rôle déterminant auprès du pouvoir absolu. On qualifiait, récemment encore, le chef de la garde de Boris Eltsine, le général Korjakov, de « nouveau Raspoutine », faisant par là allusion à son puissant ascendant sur les affaires de l'État.

Raspoutine traversa la vaste scène de l'histoire russe en jouant simultanément les rôles de séducteur, de mystique, de gourou et d'homme d'État. Ce Sibérien « fit » parfois les ministres. Mais son vœu principal consista à aider la tsarine et le tsar, perdus dans un monde effrayant. La fable d'un Raspoutine tout-puissant, qui aurait détenu les rênes du pays et poursuivi d'obscures visées – agent des Allemands, ou des

Juifs, ou de Satan –, reste une des grandes mystifications de ce siècle.

L'histoire de Raspoutine s'enracine dans une conjoncture particulière : le crépuscule de la Russie des tsars, le mysticisme des Romanov, la Première Guerre mondiale. Certes, l'apparition de Raspoutine à la Cour au moment de la première révolution de 1905 est un signe de la faiblesse interne du régime et – point essentiel dans le contexte de la Russie autocratique – de la singularité psychologique du couple impérial.

Raspoutine mena une vie extraordinaire, mélange de fantasmes étranges et de faits plus surprenants que n'importe quelle fiction. Ainsi devint-il une légende, à tel point que, presque cent ans après sa mort, il a rejoint le panthéon des surhommes « diaboliques » de l'histoire. À dire vrai, le nom de Raspoutine a toujours suscité un intérêt malsain. Le « moine fou[1] » ou le « plus grand coup du siècle[2] » ne sont que deux expressions généralement utilisées pour désigner cet homme qui aurait, à lui seul, dit-on, détruit l'empire des tsars.

Au fil du temps, Raspoutine est ainsi devenu un mythe, mais surtout un prétexte pour nombre de dirigeants politiques russes et européens, qui se déchargèrent sur lui de leurs propres responsabilités au cours des événements tragiques survenus dans l'Empire. L'ombre de Raspoutine a de fait servi à occulter bien des trahisons et des erreurs.

1. Il n'a pourtant jamais été moine.
2. Allusion à sa sensualité débridée.

La légende Raspoutine se trouva donc au centre d'un immense scandale historique mélangeant le sexe, les intrigues et de prétendues pratiques sataniques. Ses facultés de guérisseur et de domination mentale fascinent encore, un siècle plus tard. Particulièrement vigoureux, il aurait notamment survécu à des gâteaux empoisonnés, à une balle en plein cœur, à un matraquage, pour finalement mourir noyé…

Tous les ingrédients semblaient réunis pour faire de Raspoutine un être démoniaque : son origine humble, son pouvoir de séduction, sa ferveur religieuse, sans parler de son intimité avec la famille impériale et de son incontestable influence sur la tsarine. Aujourd'hui encore, il reste un symbole d'exploits charnels et de pratiques magiques. Les femmes le séduisaient et il séduisait les femmes, plongeant dans l'ivresse du surnaturel. Tant de personnages de l'histoire russe, d'Ivan le Terrible à Alexandre Ier, se libérèrent de leur obsession en cédant à la volupté d'un érotisme teinté de mysticisme !

Le destin de Raspoutine est chargé de contrastes, d'incohérences et de bizarreries. Mais ce qu'on appelle l'« âme russe » n'est pas étranger à la création du mythe : tout était exubérant chez cet homme qui semblait émerger des entrailles de la Russie éternelle.

Ses hautes bottes, ses pantalons bouffants trop larges d'où sortait une chemise brodée à col montant, boutonnée sur le côté, composaient sa tenue. Sa longue barbe noire se mêlait à une tignasse désordonnée. Son nez proéminent dominait une bouche sensuelle. Cependant, toute l'expression de son visage se concentrait dans ses yeux bleu clair. Son regard subjuguait comme il effrayait tous ses contemporains. Un regard insaisissable, agité, qui transperçait comme une lame son interlocuteur. Mais dans ses yeux couvait aussi une sorte de langueur empreinte de tendresse, si attirante pour les femmes.

Maurice Paléologue, l'ambassadeur de France qui le fréquenta – sans l'apprécier –, évoqua ainsi son « mystérieux instinct divinatoire » :

> C'était un regard à la fois pénétrant et rassurant, naïf et malin, fixe et lointain. Mais lorsque son discours s'enhardissait, un magnétisme incontestable s'échappait de ses pupilles.

À Saint-Pétersbourg, Raspoutine demeura le paysan sibérien qu'il avait été dans sa jeunesse. Il conserva ses vêtements grossiers, ses manières rudes ; son franc-parler impressionnait. Il fit souffler le vent des steppes sur la cour des tsars, repliée sur elle-même et divisée en factions.

Incarnait-il véritablement l'« âme » du pays, l'image typique du paysan russe ? Non. Il reflétait plutôt l'idée que se faisait la haute société de l'homme du peuple. Au monarque isolé, il parut établir un lien avec l'esprit profond de la Russie, avec les conceptions religieuses ancestrales de son pays.

Par-dessus tout, Raspoutine fut perçu comme un guérisseur, un messager de la Providence envoyé par Dieu pour aider celui qui comptait le plus aux yeux du tsar Nicolas II et de sa femme : Alexis, leur fils bien-aimé, seul héritier de la couronne, qui était hémophile. La tsarine se tenait pour responsable du mal héréditaire qui frappait son enfant, et cette culpabilité contribua à aggraver son instabilité psychologique. Raspoutine prétendait, à l'instar des chamans de Sibérie, pouvoir entrer en contact avec les esprits – qui selon lui agissaient sur le quotidien des hommes – et retrouver l'« âme égarée » du malade pour lui faire recouvrer la santé…

« Raspoutine était partout, Raspoutine était tout », notait Alexandre Blok, le plus grand poète russe de l'époque, dans son *Journal*.

L'INITIATION

La Sibérie natale

Pour déchiffrer l'énigme Raspoutine, un voyage en Sibérie, sa région natale, semble aussi important qu'un voyage dans le temps. Car ce sont bel et bien les immensités sibériennes qui ont déterminé son caractère marqué par tant de contradictions et d'excès, ses liens avec l'invisible, son fatalisme, intimement mêlés à l'histoire, à la politique, à la géographie et au climat.

La Russie s'étend sur plus d'un sixième de la surface du globe, allant de l'Arctique à l'océan Pacifique et de la Baltique à la mer Noire. Européen et asiatique, ce pays forme à lui seul un continent. Aujourd'hui encore, le territoire russe recouvre, sur neuf fuseaux horaires, la moitié nord du continent eurasiatique : le plus vaste espace ouvert de la planète. Son héritage spirituel et culturel oscille entre l'Occident et l'Orient.

Les vrais contrastes du pays sont liés à la nature du sol, à la végétation, bref, à la terre. Le foyer originel de cette civilisation déchirée entre le matériel et le spirituel, entre l'Europe et l'Asie, se situe dans la Russie d'Europe des anciens atlas, une plaine de plusieurs millions de kilomètres carrés, inscrite entre les Carpates et l'Oural, la Baltique et le Caucase. Au nord, la taïga de la Sibérie étend son sol acide, gris ou blanc ; au sud, la « terre noire » se couvre d'une vaste prairie, se charge en sel et se décolore en « terres brunes », puis en « terres noisette ».

Ces environnements différents ont donné naissance à des mentalités distinctes qui déterminent les grands destins qui ont fait la Russie. Au Sud, la Russie de Gogol, ce génie littéraire sentimental et fantasque ; à Saint-Pétersbourg, la Russie de Dostoïevski, plus proche de l'Occident et plus cérébrale. Mais le mythe Raspoutine est né au cœur de la Sibérie, si vaste avec ses déserts de sable, ses steppes, ses hauts plateaux et sa taïga.

Situé près de la ville de Tioumen, Pokrovskoïe, le village natal de Raspoutine, est une grosse bourgade perdue dans la taïga, au milieu des plaines et des forêts. Quelques dizaines de maisons construites avec des troncs d'arbres, selon l'ancestrale tradition russe, y entouraient une église en bois semblable à toutes celles dont les coupoles surplombent ce rude pays depuis des siècles. La neige s'y accumulait au fil des mois. C'est dans ce décor rappelant l'atmosphère des aventures de Michel Strogoff que ce fils de paysans passa toute sa jeunesse.

Au cours de la deuxième décennie du XVIIe siècle, de nouvelles populations vinrent s'installer dans cet univers difficile. Ils étaient les enfants du

« Temps des troubles », cette sanglante période qui déferla à partir de 1598. En 1613, l'accession au trône de la dynastie des Romanov avait marqué la fin de ces années terribles. Mais craignant la colère des nouveaux tsars, les récents insurgés avaient fui en Sibérie et le long du bassin de la Volga.

La Sibérie avait un statut bien particulier au sein de l'Empire. Contrairement aux autres paysans russes, les Sibériens n'avaient jamais été soumis à une servitude écrasante. Car dans la partie européenne de la Russie, au milieu du XIXe siècle, un serf dépendait d'un seigneur. Il n'était pas autorisé à travailler là où il le souhaitait, à posséder de la terre ou à faire appel à la justice pour se protéger. Quatre-vingt-dix pour cent de la population du pays vivaient dans ces conditions. Certes, le servage ne fut aboli qu'en 1861 par le tsar Alexandre II, mais une sorte de sentiment d'impuissance face aux autorités s'était profondément ancré dans la conscience russe.

Dans ce contexte, la Sibérie apparaissait comme une région à part, offrant de meilleures conditions de vie pour les paysans. Vaste, inhospitalière, mal desservie par la route et le chemin de fer, peu peuplée, lieu d'exil des criminels, elle restait avant tout un territoire de liberté. Chacun pouvait y acheter et y cultiver sa propre terre, y monter une entreprise, y diriger un commerce, et garder un esprit optimiste et fier.

Durant l'hiver, les grands fleuves étaient gelés,

et les voyageurs installés à bord de charrettes et de traîneaux faisaient le trajet en passant sur la glace ou sur les routes embourbées et creusées d'ornières.

Peu de sources de première main peuvent nous renseigner sur les origines sibériennes de Raspoutine. S'il est vrai que le nom Raspoutine y est bien mentionné dans certains registres, le nom de baptême de son père, Novykh, y est clairement indiqué. L'historien russe Oleg Platonov publia en 1996 à Saint-Pétersbourg une étude intitulée *Une vie au service du tsar : la vérité à propos de Raspoutine.* Si presque tous les livres d'époque ont disparu, cet auteur mit tout de même la main sur une collection complète de documents concernant les baptêmes, les mariages et les décès dans le village de Pokrovskoïe entre 1862 et 1868.

Selon les archives, pas moins de sept familles du même village portaient le nom Raspoutine. Outre « débauché[1] », le mot *raspoutine* signifiait également, à l'époque, « croisée des chemins » ou « carrefour », et se voyait donc fréquemment utilisé comme surnom pour ceux qui habitaient de tels endroits[2]. De surnom, Raspoutine se muait souvent en nom de famille, ce qui fut probablement le cas

1. Issu de l'adjectif russe *raspoutnyi.*

2. D'après le célèbre dictionnaire de Vladimir Dahl, publié entre 1863 et 1866, *raspoutie* est « un chemin de voyage, une fourche, un échange de voies, une place où se croisent ou se séparent les chemins, un carrefour ».

pour notre personnage. Aujourd'hui encore, on rencontre des Raspoutine en Sibérie.

Le village natal de Raspoutine servait aussi de relais de poste pour les traversées transsibériennes. Le sol y est marécageux au printemps et desséché par le soleil au début de l'été. Mais il est couvert de neige et gelé durant la moitié de l'année. Ce climat engendre des hommes hardis et résistants. Les difficultés de la vie quotidienne y sont compensées par quelques joies hivernales agrémentées de vodka, de chants et de danses.

Raspoutine était le second fils d'un paysan aisé, possédant assez de chevaux pour fournir des attelages de rechange aux voitures du relais du village. Tout près se trouvait la « route des pèlerins », itinéraire qu'allaient emprunter le tsar et sa famille, en cette terrible année 1918, pour se rendre à Ekaterinbourg où ils allaient être assassinés…

La naissance de Raspoutine suscite aussi quelques interrogations. Il entretenait lui-même des doutes sur son âge. Ainsi, en 1907, il affirma avoir quarante-deux ans. Quatre ans plus tard, en 1911, il avouait à la tsarine qu'il dépassait la cinquantaine. Le Sibérien se vieillissait consciemment pour se présenter comme un starets, un vieux sage.

Ses nombreux biographes situent sa naissance entre 1860 et 1870, d'après les récits que Raspoutine a lui-même propagés et qui ont longtemps constitué les seules sources disponibles – notamment concernant sa venue au monde le jour de la

Saint-Grégoire, qui explique le prénom donné à l'enfant. À l'époque, un météore avait traversé le ciel au-dessus du village, annonçant, pensait-on, la naissance d'un personnage exceptionnel[1].

1. Iefim Iakovlevitch Raspoutine et Anna Vassilievna Parchoukova, les parents de Grigori, se marièrent à Pokrovskoïe le 21 janvier 1862 à l'âge de vingt et vingt-deux ans, respectivement. Une petite Evdokia naquit le 11 février 1863, qui mourut quelques mois plus tard. Une deuxième fille, elle aussi appelée Evdokia, vint au monde le 2 août 1864, mais ne survécut guère. Une troisième fille, prénommée Glikerya, vit le jour le 8 mai 1866 et décédera quatre mois plus tard. Le 17 août 1867 survint enfin le premier fils, Andreï, qui ne parvint pas à l'âge adulte. En 1868, les livres d'église ne font mention d'aucune naissance dans la famille, ce qui signifie que Raspoutine n'a pas pu naître avant 1869. Après 1868, il n'existe pas de registres consultables, hormis certains formulaires originaux remplis à l'occasion d'un recensement de toute la Russie. Ce recensement, daté de 1897, avait été très scrupuleusement réalisé ; y apparaît clairement la date de naissance de Raspoutine : 1869.

Une jeunesse ordinaire

Raspoutine connut l'enfance ordinaire d'un garçon dans un village sibérien. Ayant reçu une éducation sommaire, il demeura incapable de lire ou d'écrire jusqu'à l'âge adulte, même si, au cours de ses voyages, des moines lui enseignèrent les rudiments de l'alphabet. Cependant, il avait une mémoire phénoménale et pouvait citer des passages entiers de la Bible. À l'âge de dix ans, il se mit au travail de la terre aux côtés de son père et de son frère aîné.

Mais il n'était pas un enfant comme les autres. À douze ans, il fut mêlé à une tragédie qui allait changer sa vie. Son frère aîné avait coutume de se baigner et de pêcher dans la rivière qui coulait devant le village. Par un jour de chaleur, durant l'été 1883, les deux frères allèrent nager. Andrioucha fut le premier à sauter dans le courant rapide. Raspoutine le vit alors essayer de se redresser, puis perdre pied et disparaître sous l'eau.

Se précipitant au bord, il appela son frère et plongea le bras à l'endroit où il l'avait aperçu pour la dernière fois. Pris de panique, Andrioucha s'agrippa à la main tendue avec une telle force que Grigori tomba à son tour dans les eaux tourbillonnantes. Les deux garçons furent entraînés vers l'aval, accrochés l'un à l'autre. Un fermier, enfin, entendit leurs appels et parvint à les repêcher. Il les transporta chez lui à moitié noyés. Tous deux furent atteints d'une pneumonie. Son frère mourut quelques jours plus tard. Le médecin le plus proche habitait à une centaine de kilomètres du village... Quant à Grigori, il guérit, mais traversa des périodes de dépression et de surexcitation incontrôlables.

Dès son plus jeune âge, Grigori fit preuve d'un don étonnant pour calmer et même guérir les animaux de la ferme. Un jour, alors que la famille s'apprêtait à passer à table, le père annonça que l'un des chevaux s'était mis à boiter. Sans un mot, Grigori se leva et se rendit à l'écurie. Là, sous le regard incrédule de son père, il s'approcha sans hésiter de la jambe malade de l'animal et posa la main sur le tendon affecté. Il resta ainsi immobile un moment, les yeux clos, la tête renversée en arrière, plongé dans une grande concentration. Puis, s'arrachant à sa méditation, il flatta le cheval et lui dit : « Tu es guéri. »

Le père de Raspoutine était un homme simple ; il ne comprit jamais le penchant de son fils pour le surnaturel. Ces phénomènes étranges l'inquiétaient et il avait tendance à les considérer comme l'œuvre du Malin. Cependant, cette fois-là, il voulut voir si l'intervention de son fils avait eu le moindre effet. On sortit donc le cheval dans la cour et tout le monde fut stupéfait de constater qu'il ne boitait plus.

Toute sa vie, Raspoutine conserva le don de deviner les intentions et de cerner la face cachée des hommes. Cette « faculté de seconde vue », selon sa propre formule, l'enfant pensait la partager avec tout le monde. Ainsi confia-t-il plus tard :

> Je jouais avec les enfants de mon village et je me disputais avec eux, mais jamais je n'ai osé dérober ou chaparder quoi que ce soit. Je croyais que chacun se rendrait compte immédiatement que j'avais volé. Si l'un de mes camarades s'était approprié un objet loin de chez nous et s'il l'avait caché, je voyais toujours l'objet derrière lui.

Une autre fois, plusieurs hommes vinrent trouver son père au sujet d'un cheval disparu – le père de Raspoutine était alors *starosta*, chef du village. Tout le monde supposait qu'un des nombreux vagabonds avait dû saisir sa chance et s'enfuir avec l'animal.

Soudain, le jeune Raspoutine se leva et, désignant l'un des villageois les plus respectés, l'incrimina. Les protestations fusèrent. L'accusé nia farouchement. Embarrassé, le père de Raspoutine rabroua sévèrement l'enfant. Néanmoins, certains paysans, intrigués par l'assurance du jeune garçon, se rendirent jusqu'à la petite propriété du villageois qu'il avait dénoncé. Cachés dans l'ombre, ils virent celui-ci se glisser dans la cour et sortir le cheval volé.

La coutume voulait que l'on rende une justice sommaire, laissant le coupable à demi-mort. Le voleur resta donc dans la neige, évanoui et couvert de sang. Finalement, la bête fut restituée à son propriétaire et l'identification du malfaiteur par le jeune Raspoutine fit le tour du village.

Une force de la nature

Dans une interview[1], Raspoutine raconta ainsi ses années de jeunesse :

> À l'âge de quinze ans, dans mon village, quand le soleil brûlait et que les oiseaux chantaient les chansons du paradis, je rêvais de Dieu. Mon âme se projetait au loin... Plus d'une fois j'ai rêvé... et pleuré, sans savoir d'où venaient ces larmes. Ainsi passa ma jeunesse. Dans une sorte de contemplation, dans une sorte de rêve. Plus tard, quand la vie me heurtait, je courais me réfugier dans un coin pour prier en secret.

Pourtant, à l'aube de sa vie adulte, Raspoutine trouvait un exutoire non dans un élan romantique, mais dans la débauche, les bagarres et l'alcool :

> J'étais insatisfait. Il y avait plein de choses auxquelles je ne trouvais pas de réponses, alors j'ai commencé à boire.

Cette attitude lui avait valu le surnom méprisant de Grichka le Sot. Violent, insolent, dépravé, il ne

1. Au journal *Temps nouveau*, en 1911.

se battait pas seulement avec les étrangers, mais aussi avec son propre père. « Mais tout de même, au fond de mon cœur, je me demandais comment les gens trouvaient le salut », raconta-t-il plus tard. Manquant d'argent pour ses débauches, il se laissait entraîner dans de sales affaires. Ses voisins l'auraient par exemple surpris en train de voler des chevaux ou les piquets de leur clôture... À dire vrai, Satan hantait Raspoutine : selon sa formule, cet adversaire « rôdait en permanence » autour de lui.

Satan, écrivit-il, lui apparaissait « sous la forme d'un miséreux qui chuchote au pèlerin mort de fatigue et de soif qu'il reste encore de longues verstes à parcourir jusqu'au prochain village ». Rappelons que l'un des plus grands écrivains russes, Gogol, eut la même hantise, formulée en des termes presque analogues.

Il faisait alors un signe de croix ou entonnait le psaume du chérubin, et aussitôt le village surgissait devant ses yeux. Il garda toujours cette manière de s'adresser en permanence à Satan, de le menacer et, par des cantiques, d'invoquer Dieu pour qu'il l'aide dans sa lutte contre le diable. « Ennemi rusé, celui-ci voulait reprendre en son pouvoir l'âme vouée à Dieu. »

Dans cette région, les hommes étaient robustes et les femmes, belles et directes. Fidèles à la tradition, elles aimaient à se retrouver avec leurs hommes dans les bains où la vapeur laissait à peine deviner les contours de leur corps. C'est dans l'un de ces bains que le petit Raspoutine, avec l'innocence de ses treize ans, caressa presque par hasard la splendeur épanouie de la croupe de Maria, une jeune veuve qui lui fit découvrir les secrets de l'amour charnel.

Tout au long de sa vie adulte, les conquêtes de Raspoutine furent nombreuses et variées. Sa libido effrénée était un aspect essentiel de sa vitalité. Sur les rudes terres de la Sibérie où l'hiver gelait le sol, les nuits étaient froides, sombres et très longues. Chanter, danser, boire de la vodka, faire l'amour, tels étaient les plaisirs de la vie paysanne. Raspoutine semblait particulièrement apprécier ces passe-temps. Il choquait même les villageois par sa dissipation… Lorsqu'une femme lui plaisait, il n'hésitait pas à la cajoler et à l'entraîner dans une pièce voisine. Mais si la femme manifestait la moindre réticence – ce qui était bien rare ! –, il ne s'imposait pas à elle.

On a souvent affirmé que Raspoutine était un géant. Il avait en fait une stature moyenne, mais une solide carrure et de fortes mains calleuses de paysan. Il portait les cheveux et la barbe longs et mal entretenus. Conscient de l'attrait qu'exerçait son regard de velours, il était capable de contracter et de dilater ses pupilles, ce qui contribua sans doute à sa réputation de magicien ou de mystique.

Mais cet homme singulier avait une autre caractéristique physique exceptionnelle, à l'origine des commentaires sur ses prouesses érotiques et ses facultés sensuelles presque surhumaines. Raspoutine avait un pénis d'une taille prodigieuse, mesurant plus de trente centimètres en érection et, à en croire ses admiratrices, « avec une verrue ou un grain de beauté distinctif, stratégiquement placé à la base[1] ». Plus tard, ces histoires devaient exacerber la jalousie de ses détracteurs masculins…

Raspoutine n'était pas peu fier de ce détail de son anatomie. En état d'ébriété, il lui arrivait même de l'exhiber dans toute sa gloire, en guise de carte de visite – comme le faisaient autrefois les *yourodivi*, ces célèbres fols en Christ de la Russie éternelle.

Son exubérance hasardeuse entraînait la désapprobation générale et les ragots ne tarissaient pas dans son village. Alors, Raspoutine chercha à calmer le jeu et décida de se marier. Il avait environ dix-neuf ans quand il se rendit dans un couvent, à l'occasion d'une fête, où il fit la connaissance de Praskovia Doubrovina, une belle paysanne de quatre ans son aînée, venue d'un village voisin. Ses cheveux blonds contrastaient agréablement avec ses yeux très noirs. Cette rencontre inattendue donna à Raspoutine l'envie d'approfondir leurs relations et de se fixer.

Six mois plus tard, il s'était marié et avait installé son épouse chez son père, dans son village natal. Peut-être cette décision était-elle aussi liée au récent décès de sa mère. En effet, la jeune femme,

1. Un pénis momifié de près de trente centimètres, conservé et exposé au musée de l'Érotisme de Saint-Pétersbourg, lui est attribué. Cependant, des doutes subsistent sur l'origine de cet objet…

posée et sérieuse, saurait travailler dur à la ferme et prendre soin de la famille sans se plaindre. Sans son soutien infaillible, Raspoutine n'aurait jamais accompli ses pèlerinages dans de lointains pays. Il aura avec elle cinq enfants[1]. Il ne mit pas fin à ses aventures pour autant, mais sa femme ne parut pas en prendre ombrage : « Il en a bien assez pour toutes ! », aurait-elle commenté avec philosophie. Pourtant, Raspoutine aimait vraiment son épouse et, malgré de multiples escapades, revint toujours auprès d'elle.

Dans son village néanmoins, il continua d'être tenu pour un fauteur de troubles, un buveur et un bagarreur. Cette réputation lui créa des difficultés, même s'il suscitait encore l'admiration involontaire de son entourage. En effet, il y avait quelque chose d'irrésistible dans ses chevauchées ivres et sauvages, quand il galopait ventre à terre dans la nuit. Sa virilité fut toujours associée à son mépris du danger et à sa force physique exceptionnelle, rehaussée par son don de séduction…

Cette vie de coureur de jupons et de grand buveur aurait pu s'éterniser si le père de Raspoutine, souffrant, ne lui avait demandé de réaliser pour lui un pèlerinage au monastère de Tobolsk, à plus de cent kilomètres de sa bourgade natale. Quand il revint de son périple, le jeune homme n'était plus le même. Un habitant du village racontait à qui voulait l'entendre : « Je l'ai vu dans

1. Mikhaïl et Gueorgui, décédés prématurément ; Dimitri, né en 1895 ; Matriona, née en 1898 et Varvara, née en 1900.

l'église osciller de la tête comme une bête traquée. J'ai cru qu'il était devenu fou ! »

« Mon âme a changé », confiait l'intéressé.

Les starets

À seize ans, Raspoutine se rendit donc dans ce monastère proche de Verkhotourié. Il put y prier devant les reliques de saint Siméon et admirer cette beauté architecturale entourée de forêts. Il y entendit également parler d'ermites logeant dans de simples cabanes, bâties dans les bois.

La curiosité spirituelle de Raspoutine grandissait. Il écoutait avec attention les starets, ces saints hommes que l'on rencontrait partout en Russie, et eut aussi son maître spirituel : Makari (Macaire), loué dans toute la Sibérie pour son ascétisme et sa dévotion. « Celui qui prend la volonté d'autrui entre ses mains et le guide vers la lumière », c'est ainsi que Dostoïevski décrivait ces vieux sages de l'orthodoxie, en quête de spiritualité absolue, qui vivaient en ermites en dehors de la hiérarchie ecclésiastique[1].

Dans l'imagerie populaire, le starets est un très vieil homme, fort d'une grande expérience et détaché

---

1. De 1860 à 1891, au monastère d'Optina Poustine, le célèbre starets Ambroise avait accueilli des milliers de pèlerins, dont Dostoïevski et Léon Tolstoï. C'est Ambroise que Dostoïevski a immortalisé sous les traits du starets Zosime dans *Les Frères Karamazov*.

des choses terrestres. La définition du starets s'apparente à celle de l'« ancien ». Ainsi, au début du XXe siècle, Raspoutine, appelé « starets » par la tsarine Alexandra, se sentait-il embarrassé par sa relative jeunesse : il avait quelques années de moins que le tsar et devait donc se vieillir volontairement – ce que rendait possible son visage de paysan prématurément ridé !

À partir du XVe siècle, *starets* désigne certains moines – plus rarement des laïcs – qui, par une vie extrêmement pieuse, par la pratique de la prière et du jeûne, apparaissaient comme des élus, intercesseurs entre les hommes et Dieu. Leurs « exploits » ascétiques étaient souvent tenus secrets. La règle du monastère interdisait que ces richesses de l'esprit fussent propagées à l'extérieur, afin d'éviter des tentations séculières.

Les chroniques du XIVe siècle affirment que saint Serge – starets emblématique – possédait, entre autres, le don d'ubiquité et pouvait par exemple converser à distance avec un ami passant à des kilomètres du monastère de la Trinité. On vint le voir de tout le pays et sa notoriété de sage et de prophète fut telle que le patriarche de l'Église russe lui offrit de devenir métropolite. Serge refusa poliment cette proposition, n'aspirant qu'à conserver la place que Dieu, disait-il, lui avait « assignée ».

La quête initiée par Serge se répandit à travers toute la Moscovie. Ces ermites, pionniers de la conquête du territoire russe, guidés par l'union mystique avec Dieu et, selon leur propre formule,

« imprégnés de Son énergie », ont peut-être contribué, davantage encore que les chefs du Kremlin, au développement de l'Empire en installant leurs monastères dans les immenses plaines vierges de la Russie, notamment en Sibérie. En à peine cent ans, plus de cent cinquante lieux de prière furent édifiés[1], témoignages d'un gigantesque élan, d'une ferveur populaire dont on connaît peu d'exemples à travers l'histoire.

Raspoutine apprécia particulièrement les icônes d'Andreï Roublev[2]. Ce dernier devint, avec ses bleus et ses rouges inimitables, le plus célèbre peintre d'icônes. Les quelques œuvres qui ont pu lui être attribuées avec certitude témoignent des qualités de composition et de lyrisme du maître.

Les icônes sont élaborées selon un rite précis, comme un accomplissement au cours duquel l'artiste demeure en prière. Le chef-d'œuvre de Roublev, *La Trinité*, est imprégné de cette mystérieuse spiritualité. La composition simple et harmonieuse obéit à un mouvement presque imperceptible et dégage une « impression de paix et de lumière », selon la formule de Raspoutine qui priait les yeux rivés dessus. Prier, pour le peintre, c'était méditer en couleurs avec l'âme

1. Comme le monastère Saint-Cyrille-du-Lac-Blanc, en 1397, ou encore le monastère établi par Sawa et Zosime sur les îles Solovetski en 1436, cent ans après la fondation de la maison mère de la Sainte-Trinité. Après la mort de Serge (en 1392) fut érigée en 1422, sur l'emplacement de la petite église en bois des origines, la cathédrale de la Trinité, où reposent ses cendres.

2. Andreï Roublev vécut approximativement de 1370 à 1430.

et le corps pour se transcender en figure spirituelle. Ainsi pouvait-il transmettre la lumière divine entrée en lui[1].

Dans la religion orthodoxe, la beauté des rites joue un rôle primordial et cimente la communauté. Cette tradition, qui puise ses sources dans l'Égypte ancienne, accorde de ce fait plus d'importance à l'image qu'à la parole. « La beauté sauvera le monde », prophétisait ainsi le prince Mychkine, héros de *L'Idiot* de Dostoïevski, souvent présenté comme une sorte de Christ des temps modernes.

1. En russe, « saint » (*sviatoi*) signifie « lumière ». Les moines représentent ainsi, en quelque sorte, des icônes vivantes.

À la recherche de sa destinée

Parcourant les immensités russes, Raspoutine évoquait ses pérégrinations et commentait les Écritures en échange de l'hospitalité que lui offraient les monastères disséminés sur tout le territoire. Tout à sa quête spirituelle, il ne songeait pas pour autant sérieusement à devenir moine.

Lorsqu'il revenait chez lui, il jeûnait et méditait les Écritures, s'interrompant parfois pour chanter. Le jeune homme avait soudain renoncé à sa vie désordonnée. Il avait installé dans sa maison un petit oratoire pour prier avec ses parents et amis. Au cours de ces réunions, chacun s'appelait « frère » ou « sœur ». Les mots utilisés par Raspoutine pour exprimer sa foi étaient simples, à la portée de tous – il devait plus tard composer de nombreuses prières témoignant d'un certain talent littéraire. Sa maison restait ouverte aux nombreux pèlerins vagabonds. Sa ferveur et ses dons d'expression faisaient de nombreux adeptes, à tel point que le prêtre local en prit ombrage.

De retour de ces pèlerinages réguliers, Raspoutine paraissait particulièrement bizarre… Cet état d'étrange nervosité fut une cause de souffrance :

« Au printemps, je restais quarante jours sans dormir, et cela dura de l'âge de quinze à trente-huit ans. » Mais il lui suffisait alors, par une fervente prière, de solliciter l'aide de son saint favori, Siméon[1], à qui il attribuait sa force inexplicable. Ses errances le conduisaient fréquemment au monastère voisin[2], érigé au confluent de deux petites rivières, pour s'incliner devant les reliques du saint, comme de nombreux autres pèlerins.

De plus en plus souvent, il revenait accompagné de deux ou trois femmes vêtues comme des religieuses. Il avait maintenant des « disciples » ou, du moins, des admiratrices – attitude que l'on retrouve chez d'autres mystiques, comme saint Séraphim de Sarov, l'un des derniers grands saints russes du XIXe siècle, qui marchait d'ordinaire entouré de jeunes filles. Parmi ses adeptes, Raspoutine comptait juste trois autres garçons de son village : Nicolas Raspopov, Arsionov et son cousin Nicolas.

Déjà, la rumeur l'accusait d'appartenir à une secte. L'Église orthodoxe redoutait l'influence de ces factions indépendantes, comme celle des *khlysty* (flagellants), dont l'ascèse initiale avait peu à peu dégénéré en orgies où se déchaînaient les passions. Un rapport

1. Siméon mourut en 1642. Sa tombe devint un lieu de pèlerinage pour des guérisons miraculeuses. Durant deux cent cinquante ans, les pèlerins affluèrent de tous les coins de la Sibérie pour prier devant ses reliques, lesquelles furent jetées hors du sanctuaire par les bolcheviks en 1918, en même temps que périssait la famille impériale.

2. Nikolaev à Verkhotourié.

fut rédigé par le pope de Pokrovskoïe, à l'attention de l'évêque de Tobolsk : « Les membres du groupe se rejoignent en grand secret dans une cavité creusée sous l'écurie ; ils chantent et lisent l'Évangile, dont le sens caché leur est dévoilé par Raspoutine. » Un autre rapport décrivit ces réunions spontanées comme des « nuits orgiaques ». Raspoutine attirait surtout des admiratrices, ce qui suscita dans l'imagination du clergé des visions d'accouplement collectif.

La police fut chargée d'enquêter. Un prêtre visita la cave, mais ne découvrit rien de compromettant. Si l'accusation avait été retenue, l'affaire aurait été transmise au juge d'instruction. Mais, faute de preuves, Raspoutine ne fut pas inquiété – l'un des enquêteurs fut même si impressionné par la sincérité de sa foi qu'il décida de se joindre au petit groupe... Le dossier fut donc classé dans les archives de l'archevêché, d'où on le ressortit en 1912, lorsque la question se posa à nouveau.

Raspoutine ne resta pas longtemps dans son village. Il abandonna derechef ses disciples pour aller visiter les monastères. Ses voyages se firent de plus en plus austères : il arriva ainsi à Kiev, en Ukraine, sans avoir changé de vêtements six mois durant ; et, souvent, il marchait trois jours de suite en ne mangeant presque rien. Les jours de grosse chaleur, il s'imposait le jeûne.

La soif des voyages était propre au caractère russe. Il était fréquent de voir des paysans partir en pèlerinage, avec un minimum de vêtements et de vivres, pour une semaine ou pour un an, à travers les vastes étendues, de monastère en monastère, de ville en ville. Ces pèlerins, qui suivaient à la lettre le précepte biblique « Quitte ton père et ta mère… », racontaient des histoires passionnantes de contrées et de coutumes lointaines…

Les besoins de la chair

Le mariage avait fourni à Raspoutine un véritable foyer et une épouse compréhensive, vers laquelle il allait toujours revenir. Car il n'avait pas changé de nature… À vrai dire, le jeune homme conciliait avec une aisance sans pareille ses élans religieux et ses excès, qu'il s'agisse de vodka, de danse ou de désirs sensuels.

Un temps, il tenta de s'imposer la continence, afin de privilégier les valeurs spirituelles. Mais cette lutte intérieure incessante provoquait dans son âme un grand désarroi, sinon un véritable désespoir. Alors, il essaya de réconcilier les deux forces en apparence contradictoires : celle, exigeante, de son esprit et celle, volcanique, de sa chair. La nature, encore elle, allait l'y aider.

Au cours d'un pèlerinage, le chant harmonieux d'un oiseau perché sur un arbre retint son attention. Levant les yeux, il comprit que celui-ci donnait une aubade à la femelle de son choix. La beauté de la mélodie semblait provenir de l'envie de séduire qui l'habitait. Raspoutine eut l'impression d'avoir trouvé une solution à son terrible dilemme. Si l'oiseau, mû par le désir, chantait d'une voix céleste, quel mal y avait-il à céder à son impulsion ? Telle fut donc la réponse à ses prières : un signe venu de l'univers créé par Dieu. Empli de joie après cette révélation, il s'aventura à travers bois, attiré par des rires. Arrivé dans une clairière, il découvrit trois jeunes femmes qui se baignaient nues dans un petit étang. Sans hésitation, il se déshabilla, les rejoignit et les honora toutes les trois sur l'herbe de la berge. Rien ne le rendit plus heureux que de céder à ses élans sans se sentir coupable. D'ailleurs, le lendemain, sa joie fut à son comble lorsqu'il s'aperçut qu'il priait avec plus de facilité et de douceur. Dieu n'était pas fâché, Il acceptait que l'homme satisfasse les désirs qu'Il lui avait donnés. Nier ces désirs empêchait au contraire la libre expression de la nature spirituelle.

Cette anecdote fut à l'origine de la « philosophie » de Raspoutine visant à réconcilier l'éveil spirituel et la satisfaction des sens. Son argumentation était comme toujours simple et directe : Dieu a créé l'homme ; or, le désir sexuel est une part essentielle de la nature humaine. De même que Dieu ne punit pas l'homme d'apaiser sa soif avec un peu d'eau fraîche, il ne le punit pas davantage d'assouvir les besoins de sa chair. Sans cette guerre des sens, remarquait Raspoutine, l'univers de Dieu serait dépourvu de toute vie animale, et donc d'êtres humains et de religion. Une existence monastique aurait confronté Raspoutine à une frustration sexuelle insurmontable, mais les hasards de la vie de pèlerin convenaient parfaitement à son tempérament.

La vision

À plusieurs reprises, Raspoutine se rendit auprès de son père spirituel, Makari. Plus que tout autre, ce dernier l'aida à trouver sa voie. Réconforté, il revenait chez lui pour reprendre le travail de la terre aux côtés de son père.

Un jour qu'il labourait un champ, arrivé au bout d'un sillon, le jeune homme s'arrêta et leva les yeux. Le ciel avait pris une clarté étrange. À sa grande stupeur, il vit alors se former devant lui l'image de la Vierge, qui voilait le soleil. Marie semblait montrer l'horizon… Cette extase sacrée lui apparut « pure de désir », libérée des chaînes sensuelles. À travers elle, il sentit qu'il rejoignait d'un élan spontané le Dieu de son baptême.

Plus tard, Raspoutine confia avoir de nombreuses visions[1], le plus souvent de la Vierge noire. À la différence des figurations italiennes et flamandes représentant une jeune fille ou une tendre mère, les représentations de la Vierge noire correspondaient mieux à son caractère. Plus proche des déesses païennes sensuelles, la Vierge noire renvoie à la puis-

1. Raspoutine ne relata publiquement ces visions qu'après 1908.

sance et à la majesté, personnifie le Graal et l'arche d'alliance, la poursuite de la sagesse féminine perdue et celle, ardente, de l'âme.

Après sa première vision, Raspoutine se rendit immédiatement au monastère pour demander à l'ermite comment interpréter cette révélation. Au bout d'une journée de marche, il arriva chez Makari, persuadé qu'il avait été appelé en vue de remplir une mission particulière. Le starets confirma ses espoirs : c'était le signe que Dieu entendait lui faire accomplir une grande œuvre. Le vieux sage l'enjoignit alors de gagner le mont Athos, en Grèce, pour un grand pèlerinage.

Raspoutine savait que la route serait très longue. Le mont Athos se trouvait à plus de trois mille kilomètres au sud-ouest du petit village sibérien où il habitait depuis plus d'une vingtaine d'années. Il voyagerait dans plusieurs pays sans en connaître la langue, à travers des régions difficiles d'accès et dangereuses. Il franchirait à pied des chaînes de montagnes presque inhabitées, n'offrant guère d'abris. L'expédition prendrait plus de deux années. Mais même si ses aspirations religieuses restaient confuses, tous ces obstacles s'effaçaient devant la certitude d'avoir été « élu par Dieu ».

Alors le pèlerin rentra chez lui pour prévenir son père et sa femme de son départ. Son épouse, pourtant inquiète de le voir partir aussi loin au moment où elle entamait une nouvelle grossesse, comprit que rien ne le retiendrait : avec son bon sens légendaire, elle préféra donc lui accorder sa bénédiction. Son père, en revanche, se montra beaucoup plus réticent et s'indigna devant ce désir de devenir pèlerin « pour échapper au travail de la terre ». Son fils ne s'était-il pas toujours montré « paresseux », toujours enclin à voyager plutôt qu'à travailler ?

Mais Raspoutine agissait constamment à sa guise et, quelques jours plus tard, il partit pour le plus long pèlerinage de sa vie, accompagné de son fidèle ami Petcherkine. Ainsi tous deux, chargés d'un baluchon, se dirigèrent vers le Sud-Ouest, puis le lointain Oural, dont certains sommets culminent à plus de mille cinq cents mètres. Ce faisant, ces jeunes paysans renouaient avec la tradition millénaire des pèlerins russes s'efforçant de pénétrer le mystère de leur âme et prêchant toutes sortes d'enseignement au cours de leurs vagabondages.

Raspoutine et son ami parcouraient en moyenne quinze kilomètres par jour. Ils faisaient halte dans les monastères et s'arrêtaient chez les paysans pour demander le vivre et le couvert. Pendant l'été, bref mais très chaud, ils parvenaient à tirer une partie de leur subsistance des bois et des champs. La nuit, ils dormaient fréquemment à la belle étoile.

Partout, les gens se montraient aussi hospitaliers que les habitants de leur village natal. On les invitait toujours à partager le repas du soir. En contrepartie, ils faisaient le récit de leurs voyages. Souvent, les villageois priaient aux côtés de Raspoutine et l'interrogeaient à propos des Écritures. Parfois, le pèlerin soignait des malades en s'agenouillant à leur chevet et en priant avec une telle ferveur qu'il en sortait épuisé et en sueur. Il arrivait qu'il guérisse, favorise la cicatrisation ou apporte un soulagement à de terribles souffrances… « Ce n'est pas moi qui guéris, c'est Dieu ! », confessait-il alors.

Bercés constamment par un chant intérieur, les pèlerins vivaient de paysage en paysage, de sourire en sourire, de rencontre en rencontre. Là-bas, il y avait encore des villages, des dunes, des églises, des paysans. Après avoir franchi l'Oural, ils descendirent en partie la puissante Volga. Leurs regards suivaient la vague frissonnante qui partait du navire et s'évanouissait sur la rive. Le vent avait dégagé le ciel et chassé les souvenirs de la Sibérie. Raspoutine se sentait apaisé. Sa volonté, son identité, son intelligence même, semblaient s'être fondues à la lente force du fleuve.

Ils longèrent le rivage nord de la mer Noire, puis traversèrent la Roumanie et la Bulgarie avant d'atteindre la Grèce. Particulièrement sensible aux beautés de la nature, Raspoutine fut frappé par la luxuriance de la végétation de la Chalcidique, au nord du pays, qui contrastait avec les territoires arides traversés depuis plus de dix mois.

Le mont Athos

Parvenu au mont Athos, qui se dresse à plus de deux mille mètres au-dessus de la mer Égée, Raspoutine fut époustouflé par le paysage et absorbé par le jeu d'artifice des fleurs, les chants d'oiseaux et le parfum frais des arbres.

> C'est un spectacle vraiment magnifique, quand le soleil se couche, de le voir descendre sur la mer et la faire miroiter de ses rayons aux teintes changeantes. Qui saura dire la valeur de ces rayons resplendissants, réchauffant et caressant l'âme, apportant consolation et réconfort ?

Le mont Athos rassemblait une vingtaine de grands monastères, construits au sommet de pans de falaise abrupts, surplombant la mer. Tenu pour le fief le plus important de l'Église orthodoxe, son accès était interdit aux femmes pour écarter toute tentation charnelle. Les hommes souhaitant accéder à cette montagne sacrée devaient se laisser pousser la barbe, afin de montrer qu'ils appartenaient bien au sexe masculin.

Raspoutine fut d'abord transporté de joie de se retrouver parmi les orthodoxes les plus vénérables, dans l'ensemble monastique le plus éminent. Son compagnon décida aussitôt de suivre sa vocation de longue date et d'entrer dans les ordres. Mais Raspoutine séjournait depuis peu sur la montagne sacrée quand il surprit deux moines se livrant à l'amour dans les bois. Le spectacle le choqua tant qu'il le dégoûta à jamais de ce lieu. « On ne trouve ici que de la saleté, de la vermine et de la corruption morale ! », s'indigna-t-il.

Jusqu'à la fin de son existence, Raspoutine rejeta le mont Athos comme un haut lieu de débauche. Plus tard, il écrivit dans ses mémoires :

> Ce sont les moines du mont Athos qui offensent le plus gravement Dieu, et ils ne devraient donc pas être autorisés à y demeurer… C'est une chose difficile à expliquer, mais ceux qui s'y sont rendus me comprendront.

Profondément déçu et convaincu de ne pas avoir la vocation monastique, Raspoutine partit pour d'autres contrées.

Le retour

Qu'a fait Raspoutine après son séjour sur le mont Athos ? Mystère… Sur cette époque, sa biographie comporte une sorte de trou noir[1]. Peut-être a-t-il tout simplement repris seul le chemin du retour, errant plus d'une année en Sibérie occidentale. Toutefois, selon sa fille, qui écouta les histoires merveilleuses racontées par son père revenu de pèlerinage, il se serait plutôt dirigé vers la Terre sainte, ce que semblent confirmer certains de ses écrits.

Dans tous les cas, Raspoutine prit son temps pour rentrer dans son pays, puisqu'il reparut dans son village presque deux ans et demi après l'avoir quitté. Il fit preuve, encore une fois, d'une endurance physique et morale exceptionnelle. De nouveau, il vagabonda à travers la Russie, s'arrêtant dans les monastères. Ainsi, à Kazan, il fut enchanté de découvrir l'icône de la Vierge noire, qui ressemblait tant à la vision qu'il avait eue dans les champs. Durant ces haltes, il s'accordait quelques jours de répit et trouvait un réconfort d'ordre moral. Il s'associait aux

1. Ce qui pourrait laisser penser que Raspoutine était un espion, comme l'ont affirmé certains.

oraisons des moines, suivait les services, mangeait à sa faim. En échange, il racontait ses aventures et faisait des révélations religieuses.

Après avoir été si longtemps absent de chez lui, Raspoutine apparut transformé aux yeux de ceux qui l'avaient connu. Il avait beaucoup maigri et ses cheveux étaient en broussaille. Mais il avait pris de l'autorité et acquis un sens plus aigu de la spiritualité et de sa vocation. Sur son visage buriné, son regard extraordinaire semblait exercer un pouvoir de fascination encore plus grand. L'homme, marqué par les dangers, le vent, le soleil et le froid, semblait désormais plus proche de la quarantaine que de la trentaine. Il ne ressemblait pas à un simple pénitent. La profondeur d'un vénérable starets l'habitait. Sa réputation de guérisseur et ses enseignements sur l'Écriture l'avaient précédé. Les habitants de son village avaient du mal à croire que le nouvel homme de Dieu était le garçon buveur et fornicateur qu'ils avaient connu.

Sa propre femme ignorait où il se trouvait et même s'il était encore en vie. Aussi, le jour où un pèlerin de haute stature, les vêtements en lambeaux, vint lui demander l'hospitalité, elle se précipita à la cuisine pour lui préparer quelque chose à manger, comme elle l'avait fait pour tant d'autres vagabonds. Ce n'est qu'une fois servi, quand il lui adressa la parole, qu'elle reconnut son mari, si longtemps absent. Elle se jeta aussitôt dans ses bras, s'étonnant de voir à quel point il avait maigri et combien sa barbe avait poussé. Elle était ravie de remonter le temps en un instant et de l'embrasser comme s'il ne l'avait jamais quittée. C'est avec fierté qu'elle présenta à son mari leur fils Dimitri, né durant son absence, et qui allait maintenant sur ses deux ans. Raspoutine était un père et un mari affectueux. Après la perte de son premier-né, la joie de découvrir ce nouveau fils lui donnait l'impression que Dieu lui avait rendu son enfant.

Au cours de son pèlerinage, Raspoutine avait changé ses habitudes. Il ne mangeait plus de viande et, chose plus surprenante, il avait renoncé à la vodka – il s'abstiendrait d'en boire durant de nombreuses années. Lorsqu'il abordait les questions religieuses, il le faisait avec beaucoup de profondeur, captivant ses auditeurs. Il n'avait cependant pas jugé nécessaire de s'imposer la continence, et cet aspect de sa vie demeurait inchangé. Raspoutine cédait à la tentation, puis recourait à sa « philosophie » pour expliquer son comportement. Dieu n'avait-Il pas envoyé les êtres humains sur la terre pour s'aimer ? « Si Dieu a créé l'homme avec un instinct sexuel, on ne saurait juger comme un péché ces élans irrésistibles. » Cependant, avec ses admiratrices, Raspoutine changeait de tactique, affirmant que, pour effacer la faute, il fallait la commettre ! Ainsi, selon lui, les grandes pécheresses étaient-elles plus « spirituelles » que les femmes qui n'avaient jamais péché…

Raspoutine resta quelques mois dans son village. Il abordait les questions théologiques avec les pèlerins de passage et exerçait volontiers ses dons de guérisseur pour apaiser et consoler. Il aurait ainsi demandé un jour à un infirme de se lever et, à la surprise de l'assistance, l'homme aurait réussi à marcher.

Les prémices

Les mystères de la Volga

La notoriété de Raspoutine se répandit rapidement bien au-delà du cercle de paysans et de moines de la Sibérie occidentale, atteignant d'autres régions, et notamment la ville de Kazan. Situé sur la Volga, qui s'étendait majestueusement sur plus d'un kilomètre et demi de large à cet endroit, ce port avait été fondé par les Tartares près du site de la capitale d'un royaume bulgare. Les Tartares, descendants des Mongols de la Horde d'or, s'étaient convertis à l'islam et y avaient construit plusieurs mosquées.

La ville fut conquise au XVIe siècle par le premier tsar russe, Ivan le Terrible, qui remporta de nombreuses victoires sur les Tartares, agrandissant ainsi son royaume vers l'est et le sud-est. L'artillerie et l'explosion d'une dizaine de tonneaux de poudre sous ses murs la firent tomber le 2 octobre 1552, après un siège de six semaines. Plus tard, l'armée russe s'empara de la forteresse d'Astrakhan, située à l'embouchure de la Volga. Ainsi le fleuve des Tartares, l'Itil, devint-il le fleuve sacré des Russes, la mère Volga.

Au premier plan dormait une flotte de navires aux proues larges et carrées, hérissés d'une forêt de mâts. Plus loin, au milieu du courant, des bateaux à la silhouette plus allongée, attachés les uns aux autres, formaient de véritables îlots couronnés de flèches et de cordages. Et, derrière une étendue d'eau calme, s'alignaient encore des coques disparates, des bâches cabossées, des voiles flasques. Une foule de débardeurs grouillait dans un bain de buée bleuâtre. L'horizon était immense comme au bord de la mer. Raspoutine mit pied à terre au plus épais de la cohue. « Tout ce que j'avais vu jusque-là, confia-t-il, n'était qu'images et idées de pays, de rivières, de mondes. Là, tout était grandeur nature, à la mesure du Créateur. »

Dans l'air chaud, où flottait une odeur de poisson et de goudron, montait un bourdonnement de voix indistinctes. Tous les dialectes de la Russie et de l'Asie résonnaient dans ce lieu haut en couleur. Le marché aussi était un plaisir pour les yeux. Il se composait d'un quartier intérieur et d'un quartier extérieur. Le premier était formé de halles à un ou deux étages, bâties pour la plupart en pierre, au bord de larges rues qui se coupaient à angle droit. Les magasins ouvraient là leurs étalages de bijouterie, d'orfèvrerie, de soierie, d'horlogerie et de bibelots divers.

Raspoutine adorait les dépôts de thé. Les balles de thé, entassées sur une grande hauteur, étaient recouvertes de toiles imperméables. Le vendeur habitait à proximité de son trésor, dans une cabane construite en nattes. Le thé qui venait de Chine par le Transsibérien ou voie de terre (le « thé de caravane ») passait pour être meilleur que celui acheminé par voie de mer. Mais, en amateur éclairé, le Sibérien savait qu'en réalité le « thé de caravane » ne suivait pas constamment la route terrestre depuis la frontière chinoise et que des bateaux le transportaient sur la Volga. Ce thé, appelé aussi « thé russe » ou encore « thé de cuir », était enfermé dans de petites caisses, elles-mêmes cousues dans des peaux dont le poil était tourné en dedans, afin d'en préserver tout l'arôme. On vendait également du thé pressé en tablettes et même un thé grossier, en lourdes briques, qu'il fallait briser à la hache pour le faire bouillir.

Mais Kazan n'offrait pas simplement des attractions et des biens matériels. Un grand couvent, Bogoroditski, y avait été érigé en 1579. Il abritait l'icône miraculeuse de la Vierge noire, qui suscitait l'intérêt de Raspoutine. On y avait découvert, enfouie dans la terre, cette icône exceptionnelle, si précieuse qu'elle fut transportée à Moscou peu après la construction du couvent, puis à Saint-Pétersbourg, la capitale voulue par Pierre le Grand. Toutefois, des copies avaient été réalisées, et Raspoutine aimait à se souvenir, devant l'une d'elles, de la vision extraordinaire qu'il avait eue de la Vierge.

À Kazan se trouvait encore une académie de théologie réputée. L'évêque Andreï, prince Oukhtomski, fut enthousiasmé par l'« authentique spiritualité » de Raspoutine. C'est par l'intermédiaire des théologiens de cette institution que la renommée insolite du Sibérien commença à se répandre à travers toute la Russie. En réalité, l'Église orthodoxe cherchait un homme capable de contribuer au rapprochement entre le tsar et le peuple, un homme tel que Raspoutine, un paysan, simple et vigoureux, pénétré de spiritualité. Alors, muni de lettres de recommandation, Raspoutine décida de quitter définitivement sa Sibérie natale pour venir à Moscou et à Saint-Pétersbourg.

De Moscou à Saint-Pétersbourg

Raspoutine gagna d'abord Moscou. Vu de la berge de la Moskova, le Kremlin formait au cœur de la ville un prodigieux encastrement de monastères bleus et de palais orange, de terrasses, de dômes et de belvédères, d'églises blanches, plus hautes encore, étageant les unes au-dessus des autres leurs toitures vert amande et leurs clochers dorés. Moscou avait conservé son ancienne apparence de ville de province, pittoresque et féerique. La « troisième Rome »... Toute sa vie, Raspoutine reviendrait à cette comparaison[1].

Pour le Sibérien qu'il était, cette capitale ancestrale évoquait les fastes et les magnificences des contes populaires et des *Mille et Une Nuits*. Des hauteurs, la ville s'étendait avec ses jardins sombres, blanchis par la neige. À tous les carrefours se logeaient des églises – quatre cent cinquante en tout –, avec leur crépi au ton vif, ocre rose, ocre jaune ou bleu ciel. De

1. Au XIVe siècle, le moine Philothée émit une prédiction selon laquelle Moscou serait la « troisième Rome ». Après la destruction par les Barbares de l'Empire romain et la prise de Byzance par les Turcs, la Russie se considéra comme la « troisième Rome », gardienne de l'« esprit chrétien authentique ».

ces couleurs juxtaposées ressortait une image composite, étrangement bigarrée.

À la fin du XIXe siècle, Moscou était toujours une cité patriarcale et presque campagnarde, marquée par la tradition slavophile ; une antithèse de Saint-Pétersbourg, la ville des fonctionnaires et des Russes européanisés. Elle était cependant sur le point de se transformer comme sous l'effet d'un coup de baguette magique. Moscou allait être saisie par la fièvre des affaires, au même titre que les premières capitales mondiales.

En cette fin de siècle, toute la Russie connaissait un développement exceptionnel. Sous l'égide du ministre des Finances Witte, le pays n'avait jamais été aussi prospère et libéral. Les capitaux étrangers arrivaient. L'industrie lourde, gage de l'indépendance de l'État, connaissait une forte croissance. Le réseau des chemins de fer s'étendait. Les progrès réalisés dans le domaine du développement économique entraînaient des mouvements sociaux, ainsi qu'un essor de la culture russe (en particulier à travers les Ballets russes[1] et Tolstoï). L'instruction s'améliorait.

Cette époque peut être considérée à juste titre comme une sorte de sommet de la civilisation russe. « Pour la première fois, le monde occidental suivait la Russie, lui empruntant son style, ses goûts et ses valeurs spirituelles[2] », constate un historien américain. Occupant alors la première place en Europe par

1. La célèbre compagnie de Diaghilev.
2. Marc Raeff, cité d'après Michel Heller. Voir « Bibliographie ».

le nombre d'habitants et la superficie (54,1 % de l'Europe, sans compter les possessions d'Asie), l'Empire russe apparaissait ainsi, aux yeux du monde, comme une grande puissance promise à un grand avenir.

Les magnifiques palais moscovites n'arrêtèrent pas longtemps Raspoutine, qui parcourut encore quatre cent quatre-vingts kilomètres avant d'atteindre Saint-Pétersbourg. Comme toujours quand il partait en pèlerinage, le Sibérien revêtait son pantalon et son caftan grossièrement tissés en piteux état. Il s'appuyait sur un bâton et portait quelques objets personnels dans un baluchon. Il souhaitait rencontrer Nicolas II et la tsarine, trop occidentalisés à ses yeux, pour les initier à la véritable « âme russe ». Quand, en septembre 1903[1], venant du sud, il atteignit la capitale de l'empire des tsars, le panorama lui coupa le souffle.

Les rues y étaient nettement plus larges qu'à Moscou, sans une palissade, tirées au cordeau le long de façades en pierre aux dimensions imposantes. Raspoutine alla tout droit à la perspective Nevski, vers la laure Saint-Alexandre-Nevski. La perspective se développait sur quatre kilomètres jusqu'au bâtiment de l'Amirauté, dont la flèche dorée perçait le brouillard au-dessus du fleuve. Cette voie triomphale était bordée d'édifices administratifs et de magasins, de palais et d'églises. La cathédrale, avec sa colon-

1. Il resta cinq mois à Saint-Pétersbourg, de septembre 1903 à janvier 1904.

nade imitée de Saint-Pierre de Rome, son iconostase et sa balustrade en argent massif, impressionna particulièrement le pèlerin. Elle abritait l'image miraculeuse de la Vierge de Kazan déjà évoquée, mais aussi des aigles impériales, les clés de vingt-huit villes étrangères et même le bâton du maréchal Davout.

Néanmoins, Raspoutine ne tarda pas à voir dans Saint-Pétersbourg « la lumière du jour, qui entraîne l'esprit vers les choses vaines de ce monde », qu'il opposa « à la lumière et au silence éclairant les monastères et révélant le caractère illusoire des liens terrestres ». Il perçut rapidement le désarroi des habitants, dissimulé derrière les splendeurs des palais sur les quais de la Neva.

Mais lorsqu'il entra dans la capitale, la première préoccupation de Raspoutine fut de nature religieuse. Il se rendit donc jusqu'à l'imposant monastère Saint-Alexandre-Nevski, situé dans les faubourgs. Cet ensemble de bâtiments formait presque une petite ville à part entière. Fortifié, entouré de douves, il comprenait une cathédrale et au moins une dizaine d'églises et de chapelles. C'est là qu'il rencontra le père Jean de Cronstadt, directeur de conscience de la tsarine. À l'époque, ce dernier avait déjà soixante-quatorze ans. Ayant voué sa vie à l'Église, officiant depuis cinquante ans à Kronstadt, la base navale fortifiée proche de Saint-Pétersbourg, il défendait l'autorité absolue du monarque et dénonçait l'immoralité de l'individualisme.

Raspoutine assista à la célébration d'un office. Soudain, le père Jean s'interrompit et lui fit signe de s'avancer. Sous les yeux étonnés des fidèles, il bénit l'homme à l'étrange apparence, puis, à la surprise générale, lui demanda de le bénir en retour. La nouvelle fit aussitôt le tour de Saint-Pétersbourg : le père Jean avait découvert un grand « homme de Dieu » et sollicité sa bénédiction !

Raspoutine allait également rencontrer l'évêque Théophane, vice-recteur de l'académie de théologie de Saint-Pétersbourg, et Mgr Hermogène, de Saratov, ville importante riveraine de la Volga, située à plus de mille six cents kilomètres au sud-est de Saint-Pétersbourg. À l'époque, ce triumvirat influent s'inquiétait de l'affaiblissement du prestige de l'Église face à la percée du spiritisme et de la voyance. Il décida donc de soutenir Raspoutine.

Révolution

Après ses longs périples, Raspoutine vivait désormais dans l'attente d'une catastrophe menaçant l'Empire. En effet, dans le décor de rêve de Saint-Pétersbourg, deux mondes s'affrontaient : celui de l'autocratie des palais étincelants et celui de la rue, dominée par des révolutionnaires cherchant à en finir avec le système tsariste en recourant au terrorisme. Un premier attentat isolé fut commis contre le tsar Alexandre II en 1866. Mais à partir de 1878 et avec la naissance de l'organisation Terre et Liberté, les attentats se multiplièrent. L'empereur fit l'objet d'une véritable chasse à l'homme jusqu'à son assassinat, le 1er mars 1881.

Il n'est certes pas aisé pour un État de lancer les réformes radicales qui le feront passer de l'ancien régime à une ère nouvelle. Mais la Russie se heurtait à un problème spécifique, la Cour résistant aux changements et s'appuyant pour ce faire sur les cercles les plus conservateurs de la noblesse terrienne. Les successeurs d'Alexandre II, son fils Alexandre III (1881-1894), puis son petit-fils Nicolas II (1894-1917), restaient profondément attachés au principe slavophile : « Orthodoxie, autocratie, nationalisme ». Mais cette doctrine n'était guère compatible avec la réalité d'un empire multiconfessionnel et multinational.

Les grèves s'étendirent dans tout le pays. Les manifestations d'étudiants se multiplièrent au point de devenir quasi permanentes. Aux côtés des prémonitions et des prophéties les plus sombres, la « décadence » se déploya dans la littérature, et tous regardèrent l'avenir d'un œil désabusé.

Le terrain était propice à l'action de l'opposition radicale. La plupart des révolutionnaires étaient des intellectuels dévoyés, marqués par le brassage des milieux sociaux et par une accumulation désordonnée de savoirs les plus divers. Les universités favorisaient souvent l'éclosion d'une « contre-culture ». Certains cercles abjuraient la moralité ordinaire. La classe intellectuelle se concevait comme une nouvelle aristocratie, voire comme une « nouvelle Église », appelée à renverser, puis à régénérer la société. Ces « possédés » établissaient un parallèle avec le christianisme et pensaient que leur « religion révolutionnaire » allait durer mille ans. Tous étaient convaincus de la supériorité de leur nouveau credo, qui promettait le « paradis sur terre ». Leur doctrine n'était certes pas une religion, néanmoins, replacée dans cette perspective mystique, elle s'en rapprochait.

Les révolutionnaires haïssaient Raspoutine, mais, paradoxalement, ils n'étaient pas si éloignés de son esprit illuminé…

Un tsar pas comme les autres

Pour affronter cette situation complexe, il aurait fallu un dirigeant d'exception. Mais la Providence en avait décidé autrement…

À vrai dire, l'avènement du tsar Nicolas II en 1896 était inattendu. Son père, le colosse Alexandre III, véritable force de la nature, était encore jeune lorsqu'il fut terrassé, à quarante-neuf ans, après seulement treize années de règne. Son fils n'était pas préparé à assumer le fardeau de la conduite de l'immense empire. Un jour où le ministre Witte avait proposé à Alexandre III de nommer son fils à la présidence du comité pour le Transsibérien, le souverain avait répondu froidement : « Connaissez-vous le prince héritier ? Avez-vous jamais eu avec lui une conversation sérieuse ? C'est un enfant, ses raisonnements sont enfantins ! » Une anecdote qui en dit long…

Pourtant, le futur tsar reçoit, durant treize ans, une remarquable formation. Les langues anciennes, la gymnastique y sont remplacées par des rudiments de sciences naturelles et par les langues vivantes : le français, l'allemand et l'anglais. Ses trois dernières années d'étude sont consacrées à l'apprentissage de l'art militaire, à l'économie et au droit. Ses professeurs comptent parmi les meilleurs spécialistes de la Russie. Mais étudier n'est pas la passion de l'héritier du trône. Witte, qui fut son ministre, dira de lui : « L'empereur Nicolas II a, pour notre temps, l'instruction moyenne d'un colonel de la garde de bonne famille. » Il reconnaîtra toutefois : « Incontestablement, c'est un homme à l'esprit vif et aux capacités rapides ; il saisit et comprend tout très vite. » D'ailleurs, le problème ne vient pas d'un manque d'instruction, puisque le ministre précise : « Nicolas II dépasse largement son auguste père. Mais Alexandre III avait d'autres facultés, qui faisaient de lui un grand empereur… »

Nicolas II naquit à Tsarskoïe Selo, la résidence impériale, non loin de Saint-Pétersbourg le 6 mai 1868, le jour où l'Église fête Job, héros biblique confronté à nombre d'échecs et de tragédies, comme le rappellera souvent le souverain. Son règne fut marqué par de multiples prophéties ; jamais on n'aura tenté aussi désespérément de percer l'avenir. Pour le tsar, le chiffre 17 fut fatidique :

17 octobre 1888	Nicolas manque périr, avec son père et d'autres membres de sa famille, lors du déraillement du train impérial.
17 mai 1896	La foule se presse à la Khodynka pour saluer le couronnement du jeune tsar, provoquant de nombreuses victimes.
17 octobre 1905	Signature du manifeste restreignant l'autocratie.
17 décembre 1916	Assassinat de Raspoutine.
Année 1917	Fin de l'Empire.
17 juillet 1918	Assassinat de la famille impériale.

Nicolas II a une constitution d'athlète, mais il n'est pas très grand et ne ressemble en rien aux magnifiques géants qui se sont succédé sur le trône russe depuis Alexandre Ier. Le nouvel empereur tient beaucoup de sa mère, ce qui lui vaut cette terrible prédiction :

> Les Varègues ont fondé notre première dynastie, une Varègue a gâté la dernière. Cette dynastie ne tiendra pas jusqu'à sa mort politique, elle s'étiolera avant de cesser d'être utile et sera chassée[1].

Pour les contemporains, il n'y a pas de doute : Nicolas II est un homme faible, sans volonté, subissant constamment l'influence de l'un ou de l'autre, en particulier celle de son épouse, à laquelle il voue un amour ardent et sans faille. Les historiens parlent souvent à son propos d'une faiblesse et d'une absence de volonté pathologiques. Pourtant, son principal trait de caractère était l'obstination !

En même temps, Nicolas II avait l'habitude de louvoyer, produisant ainsi une étrange impression de duplicité. Il ne savait pas dire non. Plutôt que de refuser, il préférait manœuvrer, et ses interlocuteurs prenaient ses silences pour une approbation. Mais il attendait que quelqu'un partage son point de vue et imposait alors aussitôt sa décision.

La personnalité de l'empereur, monarque absolu, joue un rôle capital dans notre récit. La perception

---

1. Vassili Klioutchevski évoque ici les origines de la mère de Nicolas II, la princesse Dagmar de Danemark.

qu'on en avait eut finalement plus d'importance et d'impact que le personnage réel. Les péripéties de sa vie intime aident à décrire cette nature ambivalente.

La maîtresse du tsar

Quatre janvier 1892. La jeune étoile montante du théâtre Marie de Saint-Pétersbourg, Mathilde Kchessinskaïa, attend avec impatience de voir apparaître le futur tsar Nicolas II, revenu d'une tournée à travers le monde. La loge impériale, tendue de bleu ciel et éclairée par de nombreux chandeliers en bronze doré, ressemble à un immense appartement, avec une entrée, un foyer et un vaste escalier particuliers. Pendant l'entracte, la ballerine quitte sa loge pour échanger quelques mots avec celui qu'elle affectionne déjà.

« Ce jour-là, confiera-t-elle plus tard, la Providence nous accorda une vraie rencontre. » Le silence n'était troublé que par le léger martèlement de l'horloge de l'Ermitage. Son amant, avec les gestes d'un homme sûr de sa vigueur, ôta pour la première fois sa pelisse couverte de neige. Après l'avoir déshabillée, il ne l'avait pas prise tout de suite, mais lui avait d'abord chaussé ses pantoufles de cygne. Il lui avait aussi apporté le peigne d'écaille avec lequel elle aimait à fixer sa longue chevelure avant de s'endormir.

Leur idylle dura deux ans. Elle se souviendrait longtemps de leurs promenades, sublimes instants de bonheur où la brûlure radieuse du soleil contrastait avec la morsure du froid caractéristique de cette Russie qu'elle s'était mise à aimer. Leurs folies ne nuisirent ni à sa beauté, ni à son humeur joyeuse, ni à son talent ; car, un mois avant de reparaître sur scène, elle se consacrait entièrement à son travail, refusant toute sortie et s'entraînant des heures durant. Elle ne laissait rien au hasard, calculant minutieusement les dates de ses représentations, de manière à paraître toujours en pleine saison. Le reste du temps, elle s'accordait de longues vacances dans ses somptueux palais…

Mais la vie sentimentale de l'héritier de l'Empire était commandée par la raison d'État. Et, en avril 1894, le palais annonça officiellement les fiançailles de Nicolas avec la princesse de Hesse-Darmstadt. Le tsar rompit alors avec Mathilde. Néanmoins, cette ballerine douée d'une vitalité et d'une volonté stupéfiantes exerça longtemps une influence prépondérante sur le répertoire du théâtre Marie qui se vidait dès qu'elle allait danser sur d'autres scènes, où ses adorateurs la suivaient.

La femme de sa vie

Les relations du tsar avec la tsarine – « la femme de sa vie » – illustrent bien l'écart entre la réalité de l'homme et l'idée qu'on s'en est faite. Tout jeune, Nicolas s'est épris d'Alice de Hesse, qu'il épouse après une longue attente.

Dans son célèbre faux testament, Pierre le Grand avait formulé ce conseil pour ses descendants : « Prenez des princesses allemandes. » Et c'est ce que firent tous les empereurs russes, à l'exception du père de Nicolas II. Pourtant, Alice – devenue Alexandra Fedorovna après sa conversion à l'orthodoxie – est autant anglaise qu'allemande – sa mère est la fille de la reine Victoria, à la cour de laquelle la princesse de Hesse a passé toute son enfance. Au terme d'une série de mariages dynastiques, les Romanov n'ont de toute façon pratiquement plus de sang russe dans les veines – un biographe de Nicolas II écrit ainsi : « Tsar russe, c'est en soi une nationalité. »

Époux comblé, mais empereur désabusé, Nicolas eut, après le décès de son père, l'impression que l'Empire lui « tombait sur la tête ». À son cousin et grand ami de jeunesse, Sacha, il confia qu'il avait pleuré en apprenant son élévation au trône. Il ajouta :

« Je n'ai pas été préparé à régner. Je ne comprends rien aux affaires d'État. Je n'ai pas la moindre idée de la façon dont on parle aux ministres… Je n'ai jamais voulu devenir tsar ! »

Le jeune monarque était un homme sensible, un bon père de famille, peu disposé par nature à exercer le pouvoir à la manière impitoyable de ses ancêtres. Sa personnalité l'entraînait à l'opposé des effusions de sang caractéristiques du règne de ses prédécesseurs. Il consacrait donc volontiers tous ses efforts à assurer le bien-être de sa famille. Dès le début, pourtant, sa fiancée lui répéta : « Ne laisse pas les autres oublier que tu es tsar ! » Lui qui avait tant rêvé de devenir marin…

Nicolas épousa Alexandra une semaine après la mort de son père, Alexandre III, dont le corps fut transporté à Saint-Pétersbourg. Le nouvel empereur fut couronné à Moscou en mai 1896. C'est lors de la cérémonie du sacre qu'il connut sa première épreuve. Quatre à cinq cent mille personnes vinrent au rendez-vous, à la Khodynka, grand terrain vague servant de lieu d'entraînement à la garnison de Moscou. Mais par une négligence des pouvoirs publics, des fossés furent laissés béants. Lorsque le peuple assemblé s'élança pour recevoir les présents du couronnement, la bousculade fut telle que des gens tombèrent dans les fossés. Selon les chiffres officiels, mille trois cent quatre-vingt-neuf personnes moururent écrasées et mille trois cents furent blessées !

Cette catastrophe avait été provoquée en premier lieu par l'impéritie du gouverneur, le grand-duc

Serge, oncle et beau-frère de Nicolas. Pour autant, aucune sanction ne fut infligée. N'était-il pas indécent de maintenir les mondanités prévues au protocole ? Les oncles persuadèrent le jeune souverain qu'il devait paraître au bal que donnait le comte de Montebello, ambassadeur de France. Le diplomate songea, certes, à annuler la réception, mais il attendit vainement que l'hôte d'honneur se décommandât.

Le jeune tsar nota dans son *Journal* : « 18 mai 1896. Tout allait jusqu'à présent comme dans du beurre, mais un grand péché vient d'être commis… » Durant les deux décennies de son règne, le souverain tourmenté ne pourra effacer cette faute originelle.

La vie aux palais

Ce jour-là, les grilles du palais s'ouvrirent devant le tsar et sa jeune épouse, salués par les gardes en uniforme d'apparat. Dans la salle de bal se pressaient les membres du corps diplomatique, couverts de rubans de satin et de dorures qui se réfléchissaient dans les cristaux des lustres. Les généraux arboraient toutes leurs décorations. Il n'y avait pas de cour en Europe où le service fût aussi varié et la hiérarchie aussi compliquée qu'à la cour de Russie.

Mais le tsar Nicolas II passait le moins de temps possible à Saint-Pétersbourg, dont l'agitation et le protocole l'indisposaient. D'un tempérament doux, indécis et volontiers solitaire, il préférait vivre modestement, avec sa famille, dans ses résidences aux environs de la capitale[1]. L'impératrice Alexandra Fedorovna, timide elle aussi et plutôt renfermée, partageait l'avis de son mari sur ce point et ne connaissait de vrai bonheur qu'à l'écart du monde.

Après avoir mis au monde quatre filles, la tsarine donna à la Russie, le 30 juillet 1904, le prince héritier Alexis. La joie sera brève. En septembre, on

1. Peterhof ou Tsarskoïe Selo.

découvre que le tsarévitch est hémophile. Il doit cette maladie à son arrière-grand-mère, la reine Victoria du Royaume-Uni. Longtemps, le couple impérial fera mystère de ce grand malheur.

À Tsarskoïe Selo se trouvaient deux palais : le magnifique palais Catherine (« ancien palais »), réservé aux grands dîners, aux réceptions, aux cérémonies, et le palais Alexandre (« nouveau palais ») où l'empereur menait auprès des siens une existence régulière et patriarcale.

Durant les fêtes de Pâques, beaucoup de monde affluait au palais dès 10 heures du matin. Tour à tour, les différents services de la Cour se dirigeaient, en costume d'apparat, vers le salon où se tenaient le tsar et la tsarine. De longues tables supportaient des paniers remplis d'œufs multicolores. Chaque employé, quel que fût son grade, s'avançait vers l'empereur.

« *Khristos voskresse !* (“Christ est ressuscité !”) », s'exclamait Nicolas II.

Puis l'empereur et son sujet s'embrassaient par trois fois. Après un profond salut, le serviteur du palais comparaissait devant l'impératrice, qui lui offrait un œuf pascal. Les dignitaires avaient droit à des œufs en différentes pierres de l'Oural, taillées dans la fabrique impériale de Peterhof. L'impératrice douairière recevait les félicitations du personnel dans un salon voisin. À l'issue de cette cérémonie, Leurs Majestés se rendaient dans la bibliothèque pour entendre le chœur de la chapelle impériale.

Des bals étaient parfois organisés au palais d'Hiver, où se pressait toute la haute société de Saint-

Pétersbourg. Dès le matin, des fourriers de la maison impériale parcouraient la ville, portant, de maison en maison, la liste des élus conviés pour le soir. Chacun savait en principe depuis longtemps à quelle date aurait lieu le bal, mais l'invitation officielle était un ordre signifié le jour même, qui déliait de tous les engagements antérieurs envers les particuliers et levait même les sévères consignes de deuil. La perte d'un être cher ne dispensait pas les intéressés de paraître à la réception et une femme n'avait pas le droit de se présenter vêtue de noir devant le souverain et la souveraine – sauf si le défunt était un parent de la famille impériale.

L'ouverture du bal était fixée à 21 heures, mais les invités devaient être assemblés bien avant dans les salons pour attendre l'entrée du tsar. Des files de traîneaux et de voitures glissaient de tous les coins de la ville vers le palais brillamment éclairé. L'hiver confluaient sur les perrons enneigés des silhouettes voilées de châles, emmitouflées de pelisses. Un cortège d'uniformes et de robes à traîne, de diadèmes et de décorations, d'épées et d'éventails, se répandait dans la grande galerie et gravissait l'escalier d'honneur entre deux haies de gardes, géants immobiles sous leur cuirasse et leur casque ailé.

Commençait alors un véritable spectacle. L'empereur en uniforme s'avançait, escorté de tous les membres de sa famille, chacun au rang que lui assignait son degré de parenté. Les miroirs, les ors et les pierreries, les chandelles par centaines, brillaient de mille feux. L'arrivée du tsar provoquait un murmure.

L'élégant costume militaire seyait à sa haute taille svelte. Sur ses jambes tombait une veste bordée de renard bleu de Sibérie. Ses traits, comme le dirait plus tard la tsarine, « semblaient modelés pour l'or ou le bronze d'une médaille ».

Le tsar était entouré de six Noirs enturbannés de blanc, vêtus d'amples pantalons rose syrien, serrés à la taille par une ceinture faite de pièces d'or, et de tuniques de soie verte. Derrière le fauteuil impérial, contre le marbre blanc, d'immenses gerbes d'orchidées s'épanouissaient comme un gigantesque feu d'artifice végétal. L'orchestre, niché dans un boqueteau de plantes vertes, lançait les premiers accords de la traditionnelle polonaise.

À cette gracieuse promenade en musique succédaient les quadrilles, les valses, les mazurkas... Pris dans le tourbillon du bal, les convives avaient le feu aux joues. Quelles toilettes ! Quelles parures ! Quels bijoux ! Un simple nœud de rubans était soutenu par une boucle de pierres précieuses d'une valeur inestimable...

Mais tout cela n'était rien en comparaison des fastueux bals costumés donnés dans ce même palais d'Hiver. Leurs Majestés arboraient les costumes du XVIIe siècle que portaient les tsars et les tsarines avant Pierre le Grand. C'était une véritable débauche de brillants, de perles, de pierreries, de soies, de velours et de fourrures rares. La robe de l'impératrice pesait à elle seule trente-trois kilos ! Son long camail de toile d'or était fermé, à hauteur de la poitrine, par une griffe ornée d'un énorme spinelle, la plus belle pierre, sans doute, de tout le trésor impérial. Dans ces habits raides comme des armures, le visage des souverains s'apparentait à celui des anciennes icônes.

Le mage français

Les tsars furent souvent de grands mystiques. Nicolas II et la tsarine s'étaient ainsi pris d'amitié pour un certain Philippe, mage et guérisseur français. Le journaliste Alexis Souvorine, témoin privilégié de cette époque, évoqua cet engouement avec une certaine ironie :

> La grande-duchesse Anastasia de Monténégro s'était passionnée, à Nice, pour les tables tournantes. Elle recommanda Philippe à la souveraine. On le manda, on fit tourner les tables, on entreprit de faire venir le spectre d'Alexandre III qui se mit à conseiller Nicolas II…

La rencontre de Philippe avec Nicolas et Alexandra eut lieu en septembre 1901, à Compiègne, durant le séjour du couple impérial en France. La cour de Russie avait déjà entendu vanter les extraordinaires pouvoirs de ce mage par le fameux Papus, auteur d'innombrables traités ésotériques, qui venait régulièrement à Saint-Pétersbourg.

Cette réunion avec Philippe produisit une profonde impression sur les souverains russes. Mais le guérisseur n'était pas bien vu par la justice française, car il pratiquait illégalement la médecine. Le tsar demanda alors au ministre des Affaires étrangères, Delcassé, qu'un diplôme fût délivré au « faiseur de miracles ». Désireux d'entretenir de bons rapports avec la Russie, le ministre s'adressa lui-même au président de la République, Loubet. Mais rien n'y fit : en France, même avec la bénédiction du président de la République, on ne pouvait pas devenir médecin sans passer les concours requis. L'empereur convia donc Philippe en Russie, où il se vit octroyer un titre de médecin militaire, avec le grade de colonel.

Pourtant, le représentant[1] de l'Okhrana – les services secrets russes – à Paris le dépeignait, dans ses rapports, comme un « charlatan » et un « brigand ». La presse révolutionnaire allait dans le même sens, dénonçant :

> Tandis que le pays traverse une crise profonde et pénible, dans les labyrinthes de son palais, le tsar russe attend la révélation d'un occultiste international qu'on lui a fourré entre les pattes. Quant à la Cour, elle est également opposée au « charlatan français » !

L'indignation fut telle que Philippe ne put effectuer de nouveaux séjours à Saint-Pétersbourg.

De son vrai nom, l'homme s'appelait Nizier Anthelme. Originaire de Lyon, il se revendiquait voyant et guérisseur. Il prétendait communiquer avec les morts et vivre à la frontière des deux mondes. Le

1. Ratchkovski.

grand-duc Constantin Constantinovitch le décrivit ainsi dans son *Journal* :

> Un homme d'une cinquantaine d'années, petit, aux cheveux et à la moustache noirs, avec un effroyable accent du sud de la France. Il parlait de l'effondrement de la religion en France et plus généralement en Occident… Quand nous nous sommes séparés, il a voulu me baiser la main, et j'ai eu bien du mal à la lui arracher.

Philippe perçut immédiatement la peur qui habitait l'âme de la tsarine Alexandra. En observateur avisé, l'éminent poète de l'époque, Volochine, expliquait ainsi le « grand et compliqué mystère de la tsarine » :

> Elle appartenait à une famille luthérienne passionnément religieuse et honnête. En se convertissant à l'orthodoxie, Alexandra avait assimilé d'un coup toutes les traditions de la Russie éternelle, des fols en Christ aux prophètes, des vieux sages aux premiers martyrs de l'Église orthodoxe. Cette conversion fut d'abord un véritable choc, mais sa foi en sortit renforcée.

Ayant jaugé sa ferveur religieuse, Philippe s'arrangea pour marier habilement magie et Saintes Écritures. Pour Alexandra, il apparut d'emblée comme un homme de Dieu envoyé pour venir en aide à la dynastie. Il sut aussi satisfaire sa soif de surnaturel, n'hésitant pas à recourir aux recettes des grands voyageurs partis à la découverte de la Russie insolite au XVIIIe siècle, comme Casanova ou Cagliostro.

Le tsar, gagné par la foi passionnée de son épouse, finit par partager son exaltation. La Cour observait, moqueuse, le mage parisien, consciente qu'il n'était qu'un jouet entre les mains des groupes rivaux de l'entourage du tsar. Et tandis qu'un autre témoin, Polovtsev, membre honoraire du Conseil d'État, consignait dans son *Journal* : « Philippe a promis à la tsarine qu'elle aurait un garçon et non une fille », le ventre d'Alexandra prenait des rondeurs prometteuses… Hélas, il s'agissait d'une « grossesse nerveuse ». Mais cela n'ébranla pas pour autant la confiance du couple.

La société grondait et les rumeurs les plus folles circulaient. Ainsi, le prince Ioussoupov (le père du futur assassin de Raspoutine) racontait que, se promenant au bord de la mer lors d'un séjour en Crimée, il avait rencontré la grande-duchesse Militsa de Monténégro, qui n'avait pas répondu à son salut. Elle se trouvait en compagnie d'un homme. La croisant de nouveau le lendemain, seule cette fois-ci, il demanda à la jeune femme pourquoi elle l'avait ignoré ainsi la veille. « Mais vous ne pouviez pas me voir, lui aurait-elle répondu, puisque j'étais avec le Dr Philippe ! Lorsqu'il porte son chapeau, il est invisible ainsi que les gens qui se trouvent avec lui. »

Tel était le genre d'histoires colportées par la Cour, quand il ne s'agissait pas de grasses plaisanteries : Philippe dormait dans la chambre du couple impérial, où « il faisait de la sorcellerie, afin que la tsarine donne naissance à un héritier »… Jusqu'à sa mort en 1905, le mage français entretint une correspondance assidue avec celle qui, dans ses lettres, l'appelait « cher ami ». Alexandra évoquait d'ailleurs le Dr Philippe en des termes analogues à ceux qu'elle emploierait plus tard pour Raspoutine : « Comme la vie est riche depuis que nous le connaissons, et tout semble plus facile… »

Perturbé, le grand-duc Constantin remarqua qu'après leurs rencontres avec le Dr Philippe, le tsar et Alexandra se trouvaient « dans un état d'exaltation, comme en extase, le visage rayonnant et les yeux brillants »…

« Les premières années horribles »

Le destin rattrapa vite le couple impérial dans sa tour d'ivoire. En 1903, le tsar mit « hors jeu » Serge Witte, trop libéral à son gré, en lui attribuant le titre honorifique de président du Comité des ministres. Il confia le pouvoir réel à Plehve, nouveau ministre de l'Intérieur, adepte de la main forte. Le tsar écoutait ses conseils, notamment dans le domaine international ; il méprisait particulièrement les Japonais, qu'il appelait les « singes ».

L'empereur russe avait conclu avec la Chine un traité qui lui donnait à bail Port-Arthur en Extrême-Orient et il participait à la construction du chemin de fer en Mandchourie. La Russie avait bien signé un autre traité reconnaissant les intérêts japonais en Corée, mais un groupe de pression russe voulait faire main basse sur les ressources coréennes. Ces aventuriers, haut placés, avaient créé la Compagnie du Yalou. Le gouvernement de Tokyo s'impatientait, mais le tsar pensait que les « singes » n'avaient pas les moyens de lui faire la guerre. De plus, le ministre Plehve était persuadé que, pour calmer l'agitation à l'intérieur, « un bon petit conflit » serait salutaire.

Il y eut bien une guerre, mais ce fut une vraie lutte meurtrière. Les navires nippons attaquèrent Port-Arthur sans avertissement dans la nuit du 26 au 27 janvier 1904. Ainsi commença la « première année horrible » du règne. Les déroutes militaires se succédaient, avec, en mars, une défaite navale à Port-Arthur. Bientôt, la flotte russe d'Extrême-Orient serait pratiquement détruite.

C'est alors que le président américain Theodore Roosevelt offrit sa médiation. Le tsar accepta. La défaite dans cette guerre devint le prélude d'une révolution. Le 9 janvier 1905, les ouvriers de Saint-Pétersbourg se dirigèrent en cortège vers le palais d'Hiver pour demander au tsar de satisfaire leurs revendications : augmentation de salaire, journée de travail de huit heures. L'armée tira sur le peuple[1].

Au mois de février 1905, les révolutionnaires planifièrent une nouvelle vague d'attentats. Les durs du régime les utilisèrent alors comme prétexte pour éliminer les éléments réformateurs au sein du pouvoir, en imposant ce « slogan » : « Ne ménagez pas les cartouches ! »

Le premier soviet des députés du peuple avait vu le jour dans la capitale de l'Empire. Les principales unions professionnelles se formèrent à travers tout le pays ; le drapeau rouge fut hissé sur le cuirassé *Potemkine* ; les partis révolutionnaires et les syndicats organisèrent la première grève politique générale de

1. Selon les données officielles, on dénombra quatre-vingt-seize morts et trois cent trente-trois blessés. Lénine évoqua des centaines de morts.

l'histoire de la Russie, qui devait aboutir à l'insurrection armée.

Cependant, les concessions du pouvoir – le 17 octobre 1905, Nicolas II signa un manifeste marquant formellement la fin du pouvoir absolu en Russie – et l'utilisation de la force, accompagnée des réformes proposées par le Premier ministre Stolypine, tuèrent dans l'œuf le mouvement de révolte, obligeant les révolutionnaires à prendre de nouveau le chemin de l'exil.

Le manifeste approuvé par le tsar modifia la nature du pouvoir qui cessa théoriquement d'être absolu. Mais en son for intérieur, Nicolas II se refusa à l'admettre. Quant à l'impératrice, elle rejeta catégoriquement toute limitation de l'absolutisme. Dans ce contexte, la personnalité du tsar – de même que les dispositions d'esprit de la tsarine qui se sentait constamment étrangère à la Cour remplie d'intrigues – le poussa à chercher un réconfort hors du monde réel.

On lit ainsi dans le *Journal* de Nicolas, en date du 1er novembre 1905 :

> J'ai fait la connaissance d'un homme de Dieu qui s'appelle Grégoire. Il vient de la province de Tobolsk.

Cet « homme de Dieu » prénommé Grégoire n'était autre que Raspoutine.

Un « homme de Dieu » à Saint-Pétersbourg

À quarante ans, Raspoutine poursuivait ses errances de monastère en monastère. Aussi eut-il souvent l'occasion de converser avec les starets et d'apprendre leur langage. Dans les cloîtres, il avait entendu parler des prophéties concernant les menaces qui pesaient sur l'Empire.

Ces révélations l'incitèrent-elles à s'établir à Saint-Pétersbourg à partir de 1905 ? Une fois dans la capitale, il s'installa dans un modeste appartement avec sa femme et ses trois enfants et mena une existence discrète, entouré d'ecclésiastiques de haut rang, Théophane de Poltava, le père Jean de Cronstadt et l'évêque Hermogène de Saratov. Tous se montraient stupéfiés par la ferveur religieuse de Raspoutine et par son talent de prédicateur. Hermogène lui demanda même de se préparer à la prêtrise. L'évêque chargea le moine Iliodore de cette tâche, à laquelle on renonça pourtant, car Raspoutine s'avérait incapable d'apprendre par cœur les textes des prières[1].

---

1. Raspoutine parvint cependant à se faire photographier en habit de prêtre.

Grâce au soutien de ce réseau, Raspoutine pouvait vivre décemment. Selon les rapports du chef de la police, Beletski, il suivit à cette époque des études chez un célèbre hypnotiseur de la capitale.

À la fin du XIXe siècle, la capitale de l'empire des tsars, avec ses nouveaux riches, sa haute société, son demi-monde, était une ville européenne dominée par plusieurs personnalités en vue. Un des personnages emblématiques du Tout-Saint-Pétersbourg, la grande-duchesse Militsa, avait rencontré Raspoutine pendant son séjour à Kiev. Cette grande-duchesse flamboyante connaissait la littérature mystique – elle en avait elle-même réuni les textes pour une anthologie des Pères de l'Église – et tenait dans son salon des séances de spiritisme. Elle entretenait des relations étroites avec le couple impérial – la tsarine, en particulier, appréciait sa spiritualité passionnée et son érudition.

Dès que Raspoutine arriva à Saint-Pétersbourg, Militsa envoya une voiture le chercher pour le conduire jusqu'à son palais, sur le quai Anglais, au bord de la Neva, afin de le présenter… au tsar ! Avec ses manières paysannes, son autorité religieuse naturelle, son talent pour calmer et guérir, ce dernier lui apparaissait en effet comme « un envoyé du ciel pour sauver la Russie et son tsar ».

L'ASCENSION

La grande rencontre

La magie de certains lieux préside parfois au destin de l'homme. Pour Raspoutine, elle opéra non loin de Saint-Pétersbourg, le 31 octobre 1905, dans la luxueuse demeure du grand-duc Piotr, oncle du tsar, et de son épouse, la grande-duchesse Militsa de Monténégro. Le couple impérial venait y prendre le thé quand il en avait le loisir. Là eut lieu la « grande rencontre », dans un décor théâtral.

Les sept coups de l'angélus sonnaient à l'horloge des écuries. Le parc enneigé respirait calmement sous la pâle lueur de la lune. De l'antichambre, on entendait jouer une sonate de Beethoven. Un nuage passa, obscurcissant la nuit. Les doigts nerveux de la tsarine s'arrêtèrent sur le piano ; Alexandra tressaillit en voyant apparaître dans l'embrasure de la porte une tête hirsute. Fascinée et effrayée par le regard bleu de l'apparition, elle se mit à trembler. Raspoutine s'approcha d'elle et, psalmodiant quelques saintes paroles, la serra dans ses bras puissants. L'impératrice fut alors « saisie par une grande paix[1] ».

1. Selon le récit qu'elle fit plus tard à son amie Anna Vyroubova.

Dès cette première rencontre, le Sibérien impressionna profondément le couple impérial. Il leur raconta sa vie à la campagne. Il leur plut par sa simplicité et sa sincérité. Il n'était pas comme tout le monde. Le tsar et son épouse voyaient en lui un de ces « hommes de Dieu », sortis du peuple, qui sillonnent la vaste terre russe, prient ses saints, répandent partout les traditions des lieux sacrés.

Quant à Raspoutine, voici comment il perçut les « états d'âme » du tsar et de la tsarine :

> Quand la révolution a levé haut la tête, ils ont eu terriblement peur, se préparant même à émigrer… J'ai longuement discuté avec eux pour les convaincre de mépriser leurs craintes et de régner.

Dès lors, Nicolas II et Alexandra rencontrèrent Raspoutine à plusieurs reprises. Militsa prenait toujours l'initiative de ces entrevues. À l'époque, elle souhaitait obtenir l'accord des souverains pour le remariage de sa sœur Anastasia[1] avec son beau-frère, le grand-duc Nicolas. Or, Raspoutine émit un avis favorable sur cette union : « Le mariage du frère et de la sœur, déclara-t-il, sera le salut de la Russie. »

La grande-duchesse Militsa mettait toutefois en garde Raspoutine contre toute tentative de rentrer de son propre chef en contact avec le couple impérial. « Il en va de votre vie ! », prévenait-elle. Quelle prémonition étrange pour la suite des événements ! Mais le Sibérien ignorait ses conseils et n'agissait qu'à sa guise.

1. Divorcée du prince de Leuchtenberg.

À la fin du mois d'octobre, le tsarévitch eut un nouvel accident hémorragique. Raspoutine put alors montrer ses talents de guérisseur. À la suite d'une chute dans les jardins de Tsarskoïe Selo, le petit garçon se plaignit de sa jambe. Les douleurs devinrent très vite insupportables. Les médecins ne parvenaient pas à le soulager. Alors, en dernier recours, la tsarine fit venir Raspoutine au palais. Arrivé vers minuit, il ne toucha pas l'enfant, mais resta auprès de son lit, en prière. Selon la sœur du tsar, la grande-duchesse Olga, l'intervention du Sibérien produisit un effet extraordinaire : le petit garçon, moribond encore la veille, était assis le matin dans son lit et sa jambe était redevenue normale ! Tous les témoins semblaient unanimes : Raspoutine avait le pouvoir de guérir l'héritier du trône.

Le séducteur

À Saint-Pétersbourg, Raspoutine allait vite connaître le succès mondain. La haute société – surtout les femmes – aimait à s'entendre dire la bonne aventure, à faire tourner les tables et à tenter des expériences « mystiques ». Certaines de ses admiratrices cousaient même les rognures d'ongles du Sibérien dans leur corset « en guise de souvenir » !

Deux jours après le premier rendez-vous avec la famille impériale, le « saint homme » rencontra celle qui allait devenir l'une de ses plus ferventes adeptes : Olga Lokhtina, une belle femme d'une trentaine d'années. Elle était malade et un prêtre avait demandé à Raspoutine de venir la soigner – elle souffrait d'une neurasthénie intestinale et ne pouvait se déplacer qu'en se tenant aux murs. Raspoutine la guérit instantanément. Selon le témoignage de l'intéressée : « L'instant même où il passa ses mains sur ma tête, la maladie disparut ! »

Fort de cette réussite, Raspoutine s'installa quelque temps dans le luxueux appartement de cette admiratrice, sous l'œil bienveillant de son époux, haut fonctionnaire de l'administration impériale. Grâce à ses hôtes, Raspoutine se tenait au courant de tous les ragots de la cour du tsar. Comment gagna-t-il la confiance de cette famille influente ? « Il racontait sa passionnante vie de pèlerin. Et au cours de la discussion, il faisait allusion aux péchés de ses interlocuteurs, les amenant à livrer leurs secrets. Il évoquait un monde d'amour et de liberté, où l'argent n'existait pas, où seule comptait la vie de l'esprit… », racontera plus tard la maîtresse de maison.

La demeure était richement décorée. Un soir, alors que la tempête faisait rage, Olga entreprit de montrer à Raspoutine les tableaux qu'elle collectionnait. Mais devant les icônes ornées d'or et d'argent, tous deux préférèrent tourner leurs yeux vers les fenêtres où, derrière les vitres, dansaient des rameaux blancs secoués par le vent. « Il est temps que vous alliez vous reposer, mon ami », dit la jeune femme en portant sa main devant sa bouche pour étouffer un bâillement.

Raspoutine gagna sa chambre et s'allongea sur son lit, mais ne parvint pas à trouver le sommeil. Il songeait à la proximité de ce corps plein de vie qu'il venait de quitter, à sa poitrine ferme ; il croyait perdre la tête. Une force irrésistible le poussa dans la chambre de la maîtresse de maison. Il entra sans même frapper. Médusé, il considéra sans bouger la jeune femme étendue, les paupières closes, laissant dériver sur elle un regard ivre et impudique. Son visage angélique contrastait avec ses hanches voluptueuses et rondes. L'attendait-elle ? En détaillant son visage serein et impassible, il comprit qu'elle dormait vraiment. Mais lorsqu'il s'empara d'elle, elle ne se débattit point et s'offrit de bonne grâce aux caresses de son assaillant.

Le lendemain, Raspoutine prit seul son petit déjeuner. Il contemplait la Neva à travers la fenêtre. Après la tempête qui avait soufflé toute la nuit, la matinée était paisible et ensoleillée. Un chapelet de pensées traversa son esprit : « Accepter ses défauts ; pour se rapprocher de Dieu, il faut beaucoup pécher… »

L'auguste maître de maison était loin de se méfier de l'intérêt singulier que sa belle épouse portait à ce paysan mal dégrossi qui lui évoquait un ours venu de Sibérie. Bientôt, « la belle et la bête » allaient entreprendre ensemble un voyage qui confirmerait définitivement le caractère de leurs rapports. « À son invitation, je me suis rendue chez lui, à Pokrovskoïe, où je suis restée du 15 novembre au 8 décembre 1905. Voyager avec Raspoutine était un plaisir particulier, car il donnait vie à l'esprit », confia-t-elle plus tard.

L'épouse de Raspoutine ne vit pas arriver Olga d'un bon œil. Mais elle finit par céder et se justifia ainsi auprès de leur entourage : « Un mari et une femme doivent vivre avec un seul cœur. Tantôt tu cèdes, tantôt on te cède… » Le mode de vie des paysans sibériens « subjugua » l'éblouissante représentante de la haute société de Saint-Pétersbourg, qui dut pourtant promptement changer ses habitudes, passant la nuit dans la même pièce que les Raspoutine. Selon ses dires, elle dormit très peu, préférant… « écouter Raspoutine l'entretenir des choses de l'esprit » !

Si la belle Olga reconnut qu'il lui arrivait souvent d'accompagner Raspoutine dans les traditionnels bains russes, elle nia avoir eu des relations charnelles avec lui. Pourtant, les témoignages ne manquent pas, comme celui de Filippov, l'éditeur de Raspoutine : « Un jour[1], je fus le témoin inattendu d'une scène vaudevillesque… Arrivant tôt le matin chez Raspoutine, je l'aperçus derrière le paravent qui isolait son lit du reste de la pièce. Mme Olga Lokhtina, vêtue d'un étonnant déshabillé, s'accrochait au membre viril de Raspoutine et criait : “Tu es Dieu ! Je suis ta brebis !” Je me ruai alors sur le Sibérien : “Mais que fais-tu ?!” À quoi ce dernier me répondit, avec une simplicité désarmante : “Elle insiste, la garce, elle réclame le péché !” » Ce spectacle grotesque contraste étonnamment avec la « vivacité d'esprit » et la « personnalité équilibrée » d'Olga, rapportées par de nombreux autres témoignages. Mais Raspoutine envoûtait ses adoratrices, en quête de sensations fortes.

1. En 1911.

Le guérisseur

Pour percer l'énigme de l'influence hypnotique de Raspoutine, il faut revenir à la première période de ses relations avec la famille impériale. Lorsque le tsarévitch était malade, Raspoutine entrait en prière. Puis, épuisé, il se relevait en disant : « Ouvre les yeux, mon fils. » Le tsarévitch se réveillait en souriant et, dès cet instant, son état s'améliorait toujours rapidement. Ainsi le Sibérien était-il devenu incontournable. Il venait souvent au palais. Habituellement, il arrivait avant le dîner pour jouer avec l'enfant, qui lui avait donné le surnom de Novy, « le Nouveau ». En mars 1907, il fut ainsi officiellement autorisé à ajouter Novy à son nom de famille.

Dès lors, Raspoutine devint un familier de Tsarskoïe Selo, la résidence impériale, et fut formellement reçu à la Cour. Il fut chargé de veiller sur la santé des membres de la famille impériale, puis, « fort de sa connaissance des âmes », également consulté sur les qualités et les défauts des collaborateurs du tsar. Pour autant, Raspoutine ne partageait pas encore véritablement l'intimité de la famille impériale. Il était d'ailleurs souvent absent de Saint-Pétersbourg en hiver. De novembre 1907 à avril 1908, il ne quitta pas son village natal en Sibérie, où il se faisait construire une nouvelle maison.

Aujourd'hui, ses détracteurs expliquent facilement l'amélioration de l'état de santé du tsarévitch. La médecine de l'époque ignorait les propriétés anticoagulantes de l'aspirine qui était donnée au jeune malade et qui aggravait donc son hémophilie. Or, Raspoutine fit arrêter la prise du médicament, ce qui ne put qu'améliorer l'état de l'enfant.

Stolypine

Raspoutine se rendit vite impopulaire à la Cour, où on le considérait comme un « mauvais ange ». Il était à la fois détesté et redouté. Pourtant, il ne se préoccupait pas d'assurer sa fortune personnelle ; le seul luxe qu'il s'accordait consistait en une chemise de soie confectionnée (disait-il) par la tsarine Alexandra et en une magnifique croix également offerte par l'impératrice et qu'il portait autour du cou.

Après la révolution de 1905, Raspoutine se heurta à un adversaire redoutable : le président du Conseil, Piotr Stolypine. Nommé en juillet 1906, ce réformateur énergique voulait moderniser l'Empire russe, en permettant l'acquisition des terres par les paysans, une meilleure répartition de l'impôt et davantage de pouvoirs au parlement russe. Il élabora un programme de réformes visant à instaurer les fondements solides d'un État de droit dans une monarchie constitutionnelle. Ce plan prévoyait des lois garantissant les droits des citoyens, une réforme de la police, une sorte de décentralisation (concédant de larges pouvoirs aux assemblées des régions). Il parvint à arrêter les vagues de terrorisme, améliora le système ferroviaire et renforça la production de charbon et de fer. La Russie connut de tels progrès que le leader bolchevique en exil, Vladimir Lénine, craignit de ne jamais pouvoir s'y réinstaller !

Alexandre Soljenitsyne brosse ainsi le portrait de son « héros » :

> La redingote noire boutonnée jusqu'au menton, droit comme le marbre et tendu d'assurance mystique, insupportable justement parce que ni vieillard décrépit naphtaliné, ni monstre, ni crétin, mais beau, conscient de sa force[1]...

Stolypine – l'homme d'État le plus remarquable de la Russie impériale selon l'historien américain Richard Pipes – combinait avec brio intelligence étatique et savoir-faire politique. Bref, il avait les qualités d'un tsar. Mais ce sauveur potentiel de l'Empire commença à peser sur le monarque légitime. C'est alors que Raspoutine – autre « messie » – fit son apparition à la Cour, travaillant à donner l'illusion d'un lien direct entre le tsar et son peuple...

Le tsar avait bien perçu des bruits sur l'inconduite du Sibérien. Il demanda donc au commandant du palais, le général Dediouline, de rencontrer Raspoutine et de lui donner son avis. Le général confia à Nicolas II que Raspoutine était un moujik intelligent, mais rusé et faux, qui avait de surcroît une puissance de suggestion qu'il savait utiliser. À l'insu de l'empe-

---

1. Alexandre Soljenitsyne, *La Roue rouge*, Fayard, 2001.

reur, le général chargea le chef de la police de Saint-Pétersbourg de mener une enquête.

Les agents secrets n'avaient auparavant jamais entendu parler de Raspoutine. Mais ils obtinrent vite confirmation de sa mauvaise conduite. Le rapport en provenance du village natal de Raspoutine certifiait que ce dernier avait débauché des femmes mariées et des jeunes filles, et qu'il se rendait aux bains avec des filles de mauvaise vie.

Il parvint à Stolypine, qui occupait également les fonctions de ministre de l'Intérieur. Celui-ci n'avait encore jamais eu vent de l'existence de Raspoutine. Scandalisé par ces révélations, il alla voir le tsar : « La vie de la famille impériale, s'indigna-t-il, doit être pure comme le cristal. Si, dans la conscience populaire, une ombre venait à tomber sur la famille du tsar, alors toute l'autorité morale de l'autocrate s'effondrerait et le pire pourrait advenir. » Un autre témoin des frasques de Raspoutine, le père Gueorgui Chavelski, conclut lui aussi : « Les ennemis les plus vils et les plus acharnés du pouvoir tsariste n'auraient pu trouver plus sûr moyen de discréditer la famille impériale. »

Embarrassé, Nicolas se défendit pourtant auprès de son ministre : « Ce n'est qu'un simple Russe, fort religieux et croyant, il plaît à l'impératrice par sa sincérité, elle croit en la force de ses prières pour notre famille et pour Alexis… » Et d'ajouter, agacé : « Tout cela relève entièrement de nos affaires privées et n'a rien à voir avec la politique. Ne pouvons-nous pas fréquenter les personnes qui nous plaisent ? Il est étonnant de voir à quel point les gens aiment à se mêler de ce qui ne les concerne point ! » Néanmoins, pour clore une discussion qui devenait gênante, le tsar promit de ne plus voir le starets.

Mais Stolypine resta méfiant. Il n'acceptait pas l'influence qu'exerçait ce Sibérien mystique et fantasque sur le couple impérial – tandis que Raspoutine reprochait au Premier ministre son arrogance et sa méconnaissance de la Russie profonde. La surveillance policière fut donc renforcée à l'insu du tsar, et l'on découvrit que, loin de cesser ses visites, Raspoutine se rendait de plus en plus souvent au palais.

Stolypine décida alors, comme sa fonction l'y autorisait, de le faire déporter. La police reçut l'ordre de l'arrêter à la gare de Saint-Pétersbourg alors qu'il revenait de Tsarskoïe Selo. Averti par un aide de camp du tsar, Raspoutine évita ce piège et parvint à gagner son village natal où il se fit oublier un temps. Alors, Stolypine considéra que l'affaire était réglée et il déchira l'ordre de déportation.

Au bout de quelques mois cependant, le Sibérien demanda audience au président du Conseil, qui accepta de le recevoir. Il se plaignit d'être persécuté et affirma haut et clair son innocence. La surveillance se relâcha et Raspoutine revint à la Cour dès la fin de l'été. Mais ses frasques reprirent de plus belle, au point qu'il se retrouva exilé à Kiev en septembre 1911.

Raspoutine se promenait dans les rues de la ville lorsqu'il vit passer la voiture impériale, suivie d'un second équipage transportant Stolypine ; en apercevant ce dernier, il s'écria, bouleversé : « La mort le poursuit ! La mort chevauche sur son dos ! » Une funèbre prophétie qui se révéla exacte.

Alors qu'il assistait ce même jour[1], à l'Opéra de Kiev, à une représentation du *Tsar Saltan* de Rimski-Korsakov en présence de la famille impériale, des ministres et des membres de la douma, le président du Conseil fut assassiné par un jeune anarchiste, Dimitri Bogrov. Le tsar consigna dans son journal intime :

> Au cours du second entracte, nous entendîmes deux bruits secs, comme si on avait laissé tomber un objet. J'ai pensé qu'une paire de jumelles était tombée sur la tête de quelqu'un… Stolypine s'était mis debout ; il tourna lentement son visage vers nous et fit le signe de la croix… C'est alors seulement que j'ai remarqué que sa main droite et son uniforme étaient tachés de sang. Il s'affaissa lentement sur son siège et commença de déboutonner sa tunique.

Ce meurtre marqua la fin des réformes sociales, alors que la situation internationale devenait explosive.

---

1. Le 1er septembre 1911.

Le temps des intrigues

Durant les années 1909-1910, Raspoutine tissa des liens étroits avec un ecclésiastique influent du nom d'Iliodore, qui venait souvent lui rendre visite à Pokrovskoïe et qui devint en quelque sorte son « homme de l'ombre ». Raspoutine eut l'occasion de lui montrer les chemises offertes par la tsarine, et même – signe de confiance absolue – les lettres reçues de la souveraine et des grandes-duchesses, qu'il n'avait jamais laissé voir à personne.

De la Sibérie, tous deux regagnèrent ensemble Tsaritsyne[1]. Raspoutine ne savait pas que, avant leur départ, Iliodore avait subtilisé les fameuses lettres, décidé à manipuler son mentor. Comme toujours, ils rencontrèrent sur leur chemin une foule nombreuse et exaltée, et beaucoup d'admiratrices. Plus tard, Iliodore allait raconter, dans son pamphlet contre Raspoutine, cette journée de décembre 1910, où deux mille personnes s'étaient massées à la gare pour saluer le Sibérien :

> J'annonçai aux gens que Raspoutine s'apprêtait à faire construire un couvent de femmes dont il serait le

1. Ville située au bord de la Volga, plus tard renommée Stalingrad, puis Volgograd.

> starets et qu'il les invitait à venir lui rendre visite. La foule se mit à crier : « Sauve-nous, Seigneur ! Nous irons, nous irons avec le père ! Nous irons sans faute »...

Sans doute enflammé par les arguments de son maître en faveur de l'expression des désirs combinant la sexualité et la spiritualité, le moine s'était jeté sur la séduisante égérie de Raspoutine, Olga Lokhtina, pendant la confession. Célibataire depuis tant d'années, Iliodore interpréta mal la situation et ses attentions se transformèrent en tentative de viol. Aux cris d'Olga, des fidèles d'Iliodore accoururent et la découvrirent en proie à une crise d'hystérie devant leur directeur de conscience débraillé. Selon Raspoutine, le moine s'efforça de rejeter le blâme sur la malheureuse.

Les fidèles décidèrent alors de lui infliger la punition réservée aux prostituées : ils lui arrachèrent ses vêtements, la battirent, puis l'attachèrent par les mains à la queue d'un cheval lancé au galop à travers la campagne. Ensanglantée, l'infortunée fut recueillie par des fermiers qui la détachèrent et la soignèrent. Ses plaies cicatrisèrent, mais elle ne recouvra jamais toute sa raison.

Raspoutine songea à signaler la responsabilité d'Iliodore dans le traitement infligé à son admiratrice illuminée, mais le moine le devança en mettant en garde ses supérieurs contre la conduite licencieuse du Sibérien. Ce dernier répondit avec véhémence, et les fidèles d'Iliodore le prirent bientôt à partie. Quand Raspoutine parvint à se dégager de la bagarre, il se rendit chez le tsar et lui raconta toute l'histoire. Le souverain, usant de ses pleins pouvoirs, fit immédiatement renvoyer Iliodore dans un lointain monastère sans qu'il lui soit donné le droit de se défendre.

À partir de ce jour, le moine voua une haine obsessionnelle et sans bornes à Raspoutine. Les qualités qui avaient fait son succès de prédicateur se muèrent en intolérance destructrice ; il entra dans le mouvement des Cent-Noirs où il devint un militant antisémite virulent et conserva le soutien de ses fidèles fanatisés, accusant Raspoutine d'appartenir à la secte des *khlysty*.

Les *khlysty*

Le pope de son village natal n'appréciait pas non plus Raspoutine. Il était notamment profondément choqué de voir ce dernier arborer une croix pectorale, cadeau du tsar et de son épouse, que seuls les prêtres avaient le droit de porter. Il le soupçonnait aussi d'appartenir à la secte des *khlysty*, avec la complicité des paysans de son village. En janvier 1908, s'appuyant sur les témoignages apportés par ce hiérarque de l'Église, l'évêché fit perquisitionner son domicile... et ne trouva rien de compromettant.

Le tsar en fut informé. Mais tous ces ragots n'affectèrent pas la confiance qu'il accordait au Sibérien, lequel, d'ailleurs, nia toujours son appartenance à une secte. Au printemps 1908, la tsarine envoya son propre confesseur, Théophane, à Pokrovskoïe. L'évêque y vécut deux semaines chez le Sibérien et rendit visite au starets Makari. Il rapporta à la tsarine des renseignements favorables, notamment sur les « visions miraculeuses » de Raspoutine, à qui la Vierge, mais aussi les apôtres Pierre et Paul étaient apparus. Pour le confesseur de la tsarine, cela ne faisait aucun doute : Raspoutine était un saint. L'intéressé se montrait d'ailleurs lui-même persuadé de sa sainteté et croyait fermement en sa mission divine en tant que « trait d'union entre le tsar et son peuple ».

Il est vrai cependant que Raspoutine connaissait bien les pratiques des sectaires et ses « œuvres » comportent nombre d'idées propres à la secte – avec, en premier lieu, une certaine prudence à l'égard de l'enseignement livresque dispensé par les hiérarques de l'Église :

> J'ai eu à fréquenter les évêques, j'ai beaucoup parlé avec eux. Leur enseignement reste insignifiant. Le savoir ne vaut rien pour la piété. La lettre leur a brouillé l'esprit et entravé les pieds, et ils ne peuvent suivre les traces du Sauveur. [...] Actuellement, ceux qui peuvent donner des conseils sont pourchassés dans les coins perdus[1].

Là, peut-être, se dissimule la solution de l'énigme que constitue la première moitié de sa vie agitée. Peut-être est-ce dans cette Russie « cachée », à travers les sectes, que Raspoutine entama son voyage vers le destin. Peut-être est-ce là qu'il découvrit le secret mystique : l'« aptitude à nourrir en soi le Christ ».

Mais l'appartenance de Raspoutine à la secte des *khlysty* reste sans fondement. Aucun document n'a pu le confirmer. En 1912, le groupe des octobristes chargea le spécialiste des sectes religieuses russes, Vladimir Bontch-Brouevitch, de réaliser une étude

1. Les « navires » et les « flottilles » des *khlysty*, dispersés à travers toute la Russie, maintenaient entre eux des contacts.

sur Raspoutine. Bontch-Brouievitch eut sept entretiens avec le starets, qu'il interrogea sur ses opinions religieuses. Il conclut qu'il n'appartenait pas à la secte des *khlysty* ni à aucune secte, mais que certaines de ses prises de position rappelaient les doctrines sectaires.

Le seul document venant contredire cette version a été fourni par un professeur de théologie orthodoxe à Sarajevo dans les années 1930, à la suite d'une enquête confidentielle effectuée dans la région de Tobolsk[1]. Il relata l'histoire d'une famille de pauvres paysans, rencontrée lors d'un voyage en Sibérie, avec laquelle Raspoutine dut assister à une assemblée de *khlysty*.

Selon ce témoignage, le starets avait frappé à la porte d'une humble maison pour demander de la nourriture. Ses hôtes étaient désespérés, parce que leur fille, malade, paraissait perdue. Le pèlerin pria à son chevet jusqu'à ce que l'enfant réagisse et passe la période critique de la maladie. Au cours du repas, ses hôtes, impressionnés et reconnaissants, s'enquirent de ses croyances religieuses. Raspoutine leur parla avec une telle sincérité qu'ils le présentèrent au chef du « navire », seul habilité à divulguer à un étranger la philosophie et les rites des *khlysty*, auxquels ils appartenaient.

Les membres de la secte se définissaient comme les « hommes de Dieu » ou « ceux qui croient au

---

1. Voir V.L. Maevski, *La Tragédie de la Russie impériale*, Madrid, 1963.

Christ ». Préparant leur âme à la venue du Saint-Esprit, ils prêchaient tout naturellement l'ascétisme le plus extrême. Mais la chasteté observée dans la vie familiale laissait place, lors de « réjouissances » (*radenie*), à une pratique débridée de la fornication collective entre membres de la secte.

Ces « réjouissances », issues des traditions des sorciers sibériens et des chamans, combinaient le paganisme et le christianisme. La croyance voulait que, au cours de ces « retrouvailles », le Saint-Esprit descende sur tous les membres de la secte. De rares témoins racontèrent le déroulement du culte, les adeptes étant tenus au secret.

Les fidèles se rassemblaient la nuit dans une cabane ou une clairière illuminée par des centaines de cierges. Les cérémonies avaient pour but de faire naître, dans un climat de délire généralisé, une extase religieuse et une frénésie érotique. Après des invocations et des hymnes, les fidèles formaient un cercle et commençaient de se balancer en rythme, puis ils tournaient sur eux-mêmes de plus en plus vite, afin de parvenir à la sensation de vertige qui permettait au « flux divin » de passer. Le maître de cérémonie fouettait les danseurs qui ralentissaient la cadence. La réjouissance s'achevait par une sorte d'orgie, où tous les participants se roulaient par terre sous l'effet de l'extase et se tordaient dans des convulsions…

La guérison miraculeuse

En septembre 1912, alors que la famille impériale se trouvait à Spala, en Pologne, le tsarévitch Alexis souffrit d'une très grave hémorragie interne. Les plus savants médecins de Saint-Pétersbourg, accourus à son chevet, avouèrent leur impuissance. Son état fut considéré comme désespéré. Pour mettre un terme aux rumeurs, le tsar autorisa la publication des bulletins de santé de l'enfant, sans mentionner la cause du mal ; officiellement, le tsarévitch avait été victime d'un attentat. Des offices furent célébrés à travers la Russie. Le 10 octobre, Alexis reçut les derniers sacrements. Alors que l'empereur était contraint par le protocole de chasser avec la noblesse polonaise, l'impératrice ne quittait plus le chevet de son fils agonisant.

La famille impériale n'avait pas revu Raspoutine depuis le mois de mars. Comme toute la Russie, il avait été informé de la maladie d'Alexis, mais on ne lui avait pas demandé d'intervenir : il restait en disgrâce à cause de ses frasques et de son éventuelle appartenance à une secte. La tsarine ne se résignait cependant pas à croire que Dieu l'avait abandonnée. Sur ordre de l'impératrice, Anna Vyroubova télégraphia au Sibérien. Raspoutine se trouvait à table avec sa famille quand sa fille Maria (Matriona) lui apporta le message. Il se précipita dans une pièce où se trouvaient des icônes pour tenter d'accomplir un « rite difficile et dangereux ». Il se mit à genoux devant l'icône de la Vierge de Kazan et pria. Maria témoigna :

> Son visage blanc était défiguré par la douleur, sa respiration devenait haletante. La sueur coulait de son front. Il tomba sur le parquet, sa jambe gauche repliée sous lui…

Lorsqu'il se releva, épuisé, il rédigea ce message à l'adresse du palais : « N'ayez aucune crainte. Dieu a vu vos larmes et entendu vos prières. Ne vous inquiétez plus. Le petit ne mourra pas. Ne permettez pas aux docteurs de trop l'ennuyer. »

À réception du télégramme, l'état de santé du tsarévitch Alexis se stabilisa ; dès le lendemain, l'enflure de sa jambe se résorba et l'hémorragie cessa. Les médecins purent bientôt le déclarer hors de danger et l'enfant entra dans une période de convalescence – le tsarévitch ne parvint à marcher qu'un mois plus tard et dut porter pendant un an une prothèse métallique. Mais même les plus hostiles au Sibérien durent convenir qu'il s'était produit là quelque chose de « quasi miraculeux »…

Aux yeux de la tsarine, un homme qui pouvait sauver son fils « même par le télégraphe » ne pouvait être qu'un « envoyé de Dieu ». Elle devint alors tout à fait dépendante de lui. Seul Raspoutine parvenait à faire cesser l'effusion de sang chez le petit garçon. Il lui arriva même de le soulager par téléphone. Le 11 janvier 1913, par exemple, la tsarine, effrayée par les douleurs aiguës aux oreilles dont se plaignait son fils, téléphona à son « cher ami », qui demanda à parler à l'enfant. À peine eut-il raccroché que le mal se dissipa…

Comment expliquer ce pouvoir de guérison ? L'historien et chirurgien français Yves Ternon a tenté d'éclaircir les causes de la « guérison de Spala » en soulignant le rôle du psychisme dans l'interruption de l'hémorragie : le choc émotif l'aggrave, le calme et l'apaisement la freinent. Pour admettre cette explication, on doit supposer un relais : le télégramme de Raspoutine rassure Alexandra, qui communique sa confiance à son enfant.

De même, si l'on peut admettre le pouvoir de l'hypnose dans le traitement des accidents hémophiliques – par un effet de vasoconstriction capillaire, comme de récentes expériences l'ont prouvé –, cette pratique agirait directement et non par télépathie. Cette hypothèse pourrait être envisagée pour expliquer la guérison du tsarévitch en 1907, car Raspoutine s'était rendu au chevet de l'enfant. Mais il semble qu'il n'ait pas pratiqué l'hypnose avant 1913.

Pour certains, Raspoutine opéra une guérison magique, dans la tradition des chamans sibériens. Était-il un chaman ? D'après Yves Ternon[1], s'il existe

1. Voir Yves Ternon, *Raspoutine, une tragédie russe*, Bruxelles, Complexe, 1991.

des analogies entre ses pratiques et celles des « sorciers » sibériens, on ne peut considérer Raspoutine comme un chaman. Le chaman attribue la maladie à un égarement de l'âme et utilise une méthode spécifique de « résurrection » qui conduit au « renouvellement des organes ». Le traitement consiste à rechercher – au ciel ou en enfer – l'âme fugitive du malade, à la capturer et à la faire réintégrer le corps qu'elle vient de quitter. La guérison chamanique est donc une expérience mystique redoutable que seuls peuvent pratiquer ceux qui maîtrisent les techniques archaïques de l'extase, car elle suppose une lutte contre les mauvais esprits. Afin de les extraire du corps du malade, le chaman est contraint de se les incorporer, ce qui le fait souvent plus souffrir que son « patient ».

Raspoutine était trop indépendant pour accepter d'être le disciple de quiconque et trop inconstant pour se soumettre aux rigueurs d'un apprentissage fondé sur l'extase. Mais, quoi qu'il en soit, ce « don de guérison » lui permit de se rendre indispensable et de reprendre très vite un ascendant considérable sur le couple impérial.

L'éducation sentimentale

« Maître jardinier » de la féminité, Raspoutine réunissait un parterre de grâces dans une sorte d'« école de l'amour et de la spiritualité ». Tantôt dans son appartement à Saint-Pétersbourg, tantôt dans les luxurieuses propriétés de ses « amies », le Sibérien recevait des jeunes filles ou des dames mûres pour des « sessions » dédiées aux jeux de l'esprit. Il considérait leur beauté comme une simple parure de ce qui pour lui était primordial : leur « désir de spiritualité ».

Ces « universités de l'amour » se déroulaient toujours de la même manière : d'abord de longues conversations sur les Écritures ; l'étude de certains passages qui correspondaient au caractère ou répondaient aux interrogations des « étudiantes » ; la lecture après le dîner, devant l'assemblée, des pages qu'elles avaient écrites ; les conseils personnalisés du maître sur la conduite à tenir, d'après la fine étude psychologique qu'il avait réalisée de chacune d'elles. S'ensuivaient des festivités tard dans la nuit, où toutes exprimaient sans frein leur extravagance et toutes les folies qui leur passaient par la tête. Raspoutine pouvait alors délier ces disciples déchaînées de l'influence de ses discours, en leur soufflant brièvement : « Pour se rapprocher de Dieu… il faut beaucoup pécher ! »

Bien entendu, les récits de ces soirées folles accréditaient l'idée que Raspoutine était un organisateur de bacchanales. Il faut dire que la façon dont il psalmodiait ses prières, du haut de la terrasse d'une grande-duchesse, avait de quoi effrayer les passants, que les cris, les chants et les sarabandes nocturnes autour des feux ne contribuaient pas à rassurer. La présence de ces belles femmes autour d'un mage vêtu d'une longue chemise de soie et d'un informe pantalon bouffant déroutait les honorables bourgeois qui, nuitamment, venaient enquêter sur ces demeures qu'ils disaient hantées.

Ainsi Raspoutine devint-il le doyen d'une sorte d'« université libre des amours naissantes ». Homme, mage, sage, il régnait désormais en maître sur les femmes de la haute société de Saint-Pétersbourg. En 1910, une campagne de presse allait pourtant encore ternir son image. *La Parole*, le journal de référence de l'époque, publia entre le 20 mai et le 26 juin une série de dix articles explosifs rédigés par le président de la douma[1], signés d'un pseudonyme.

Il y dévoilait la turpitude de Raspoutine, racontant le voyage des dames de son cercle en Sibérie, révélant le nom de ses victimes et insistant sur ses liens avec les milieux dynastiques. En réalité, cette campagne était dirigée contre le tsar et la tsarine.

1. Goutchkov.

Le rituel des bains

Au début du XXe siècle, la ville comptait une centaine de *bania*, bains de vapeur russes. Il en existait de luxueux, avec cabinets particuliers, à 3 ou 4 roubles l'entrée, et d'autres pour le peuple, à partir de 5 kopecks, avec une salle commune pour les hommes et une pour les femmes. Tous les samedis, les gens allaient aux étuves dans une ambiance de fête.

Raspoutine fréquentait ces bains de vapeur en compagnie de ses admiratrices. Il s'y rendait avec l'une ou l'autre, optant pour un cabinet particulier dans un établissement de prestige. À peine se trouvaient-ils seuls dans la petite pièce que Raspoutine se mettait nu comme un ver. Sa croix, cadeau de la tsarine, brillait sur sa poitrine. La robuste simplicité de son attitude encourageait généralement son accompagnatrice, qui se dévêtait à son tour.

Dans la salle suivante, dallée et surchauffée, les attendaient deux gaillards : les « baigneurs » que Raspoutine avait loués à l'entrée. Ils portaient une tenue légère – un pantalon de toile serré à la taille – qui laissait voir l'impressionnante musculature de leur buste et de leurs bras. Dans cette atmosphère embuée flottait une odeur de chair moite. Allongés sur une table de marbre blanc, les clients se transformaient entre leurs mains puissantes en pâte à modeler.

Les baigneurs les aspergeaient avec de l'eau bouillante avant de les faire mousser avec du savon dans un torchon de fibres et de les frotter vigoureusement des pieds à la tête. Tournés, retournés, assis, étendus, pétris, grattés, lavés, les visiteurs n'avaient pas le temps de retrouver leurs esprits qu'on les poussait déjà, par une petite porte, dans un étouffant nuage de vapeur.

Raspoutine se fouettait furieusement le corps avec un balai de brindilles pour activer sa circulation sanguine. Rougi et luisant de transpiration, il se frappait, se punissait, expiait avec délices la faute d'être un homme à l'épiderme salissant, tout en encourageant son accompagnatrice – généralement au bord de rendre l'âme – à l'imiter. Lorsqu'ils n'étaient plus que deux quartiers de viande échaudée et énervée, une douche froide s'abattait sur leurs épaules. Alors, ils se retrouvaient dans le vestiaire, un pédicure assis devant eux sur un tabouret.

Raspoutine terminait ce rituel allongé sur une banquette en buvant un verre de vin de Crimée et savourait, les yeux mi-clos, la volupté d'être propre comme un « kopeck neuf ». « On ne se lavera jamais aussi bien dans une baignoire du palais que dans les étuves. Ici, les pores s'ouvrent, la chair respire, les impuretés disparaissent », assurait-il.

Le personnel de chaque étuve était issu d'une même région, voire d'une même commune. L'apprentissage commençait très tôt. Ainsi le baigneur de Raspoutine entama-t-il sa formation à l'âge de douze ans. Un jour, un parent, baigneur de profession, était revenu passer quelques jours au village natal. Chacun avait pu admirer ses bottes neuves, sa casquette à la visière vernie, sa montre qu'il portait attachée autour du cou et qui descendait sur son ventre au bout d'une longue chaîne. Ses proches supplièrent le fastueux citadin d'emmener leur fils à la ville. Le gamin pourrait y apprendre le métier au contact de gens qui ne lui seraient pas véritablement étrangers. Le baigneur accepta. On fit alors établir un passeport au nom du garçon en trichant sur son âge – la loi interdisait d'employer des enfants de moins de douze ans –, moyennant un généreux pourboire versé au fonctionnaire chargé de produire le document.

Le petit savait à peine lire, mais il avait appris à signer de son nom. Chaussé d'une paire de *lapti* – sortes de chaussures tressées en cordes de tille, comme Raspoutine en avait lui-même porté enfant –, muni d'un peu de linge et vêtu d'un vieux manteau, il partit pour le travail et la fortune. À l'établissement de bains où il débarqua, tout ahuri, on lui coupa les cheveux, on le récura, on lui enseigna à saluer très bas les visiteurs importants. Les jours où les étuves restaient fermées, le lundi ou le mardi, il faisait des courses pour le patron, nettoyait les salles à grande eau, aidait ses aînés à mettre de la bière en bouteilles ; les autres jours, il préparait les petits balais en brindilles de bouleau, dont la consommation était énorme. Les veilles de fête, dans les maisons importantes, on en distribuait près de trois mille, qui mollissaient et se déchiraient vite entre les mains des flagellants. Ainsi l'enfant devint-il un baigneur accompli.

Raspoutine et les artistes

La légende de Raspoutine était née. Selon Ignatiev[1], saint Séraphin était même apparu dans une boule de feu lors d'une séance de spiritisme et avait annoncé : « Un grand prophète est parmi nous ! » Depuis, on se bousculait dans les salons de la capitale pour recueillir l'enseignement du starets…

Au début du XXe siècle, la vie de Saint-Pétersbourg se concentrait dans trois salons. On se souvient d'abord de celui de Dmitri Merejkovski et de Zinaïda Hippius, dans le Dom Mourousi, sur la perspective Liteïny. La maison appartenait au prince Mourousi, dignitaire de l'empire des tsars. Là se réunissaient, près d'un feu de cheminée, dans une pièce aux murs de brique rouge et au sol recouvert d'épais tapis, des poètes, des philosophes et des représentants du clergé pour débattre de problèmes liturgiques et confessionnels. Raspoutine devint bientôt le centre des conversations. Le bruit courait que le Sibérien était un satrape assoiffé de chair fraîche et un ordonnateur de messes noires…

L'hôtesse, Zinaïda Hippius, était une personnalité éminente du Tout-Saint-Pétersbourg. Poétesse distin-

1. Officier de la garde impériale.

guée, séductrice coquette et ravissante, à mi-chemin entre Colette et Anna de Noailles, elle publiait des poèmes philosophiques, exerçant son esprit caustique dans les conversations mondaines et se plaisant à broyer le cœur de ses admirateurs sous l'œil amusé de son mari, l'écrivain Merejkovski. Nina Berberova dresse ainsi le portrait de cette rousse flamboyante dans *C'est moi qui souligne* :

> Pelotonnée sur un sofa moelleux, Zinaïda, en tunique blanche, scrutait ses hôtes à travers son face-à-main tandis qu'ils rivalisaient de subtilité, étalant les chicanes et les finesses d'une scolastique tortueuse. Elle avait des yeux splendides aux étincellements verdâtres, des cheveux d'or rouge qui lui descendaient jusqu'aux genoux, lui couvrant la taille et les flancs, et au cou les grains d'un rosaire avec une grosse croix noire. Elle portait un parfum à base de tubéreuse et fumait des cigarettes aromatiques qu'elle tirait d'un coffret laqué de rouge.

Telle une froide reine orientale, Zinaïda Hippius attisait les controverses théologiques et fascinait son auditoire.

En revanche, au cours des réunions qui se tenaient le dimanche chez Fedor Sologoub, on ne discutait que de poésie et de technique poétique. Sologoub habitait l'île Vassili, dans le bâtiment de l'école élémentaire dont il était l'inspecteur. Dans son studio glacé aux meubles recouverts de cuir, sous une clarté voilée, on lisait timidement des vers et on écoutait les jugements solennels du poète, souvent acerbes et sans pitié. Les honneurs de la maison, c'était Olga, sa sœur, qui les faisait, silencieuse et sévère comme son frère. Ce salon était plus indulgent envers Raspoutine, qu'il considérait comme un héritier des traditions de la Russie éternelle.

Mais la bonne société littéraire affectionnait particulièrement l'appartement de son confrère, le poète Viatcheslav Ivanov. En 1905, après un long séjour à l'étranger, celui-ci s'installa définitivement avec sa femme dans la capitale de l'empire des tsars, pratiquement en même temps que Raspoutine. Leur salon devint très vite le plus illustre. Chaque mercredi, au sixième étage, se rassemblaient en une sorte de banquet platonicien écrivains et artistes, intellectuels et philosophes pour disputer, de minuit aux premières clartés de l'aube, de symbolisme, d'« anarchie mystique », de mystères helléniques, de théâtre collectif. L'intérêt de l'intelligentsia de la capitale se portait aussi sur le symbolisme et l'occultisme, et les cercles intellectuels invitaient des médiums : dans la « Tour » d'Ivanov, on vivait ainsi dans l'attente imminente de l'Apocalypse.

Mi-mage, mi-professeur, Ivanov présidait aux assemblées avec austérité, s'efforçant de concilier les thèses opposées en un syncrétisme universel. Lydia, son épouse, incarnait l'âme de ces réunions. Vêtue de tuniques multicolores dessinées pour elle par Somov, un grand peintre proche des Ballets russes, elle apportait dans cet aréopage sa vivacité exubérante, si différente du calme apollinien et de l'académisme raffiné de son auguste époux.

La « Tour » d'Ivanov fut durant quelques années, de 1905 à 1912, une sorte de laboratoire spirituel où se faisaient et se défaisaient les gloires, les courants et les fortunes. Le plus grand poète de l'époque, Blok, y évoluait, dépaysé, « comme un dieu dans un lupanar ». La poétesse Akhmatova y récitait ses vers en jouant les contorsionnistes sur un piano à queue. Scriabine, le compositeur en vogue, venait souvent s'y produire et y présenta son célèbre *Poème de l'extase*.

C'est dans ces salons que Raspoutine découvrit pour la première fois la vanité onctueuse du monde artistique, « bourbier d'envie et de médisance », et la « fausseté des rapports entre gens de lettres ». La majorité de l'assistance, animée d'un esprit antitsariste, lui était ouvertement hostile.

Il existait cependant un dénominateur commun entre les pittoresques soirées de Raspoutine et ces salons policés de l'intelligentsia russe : Éros en était le thème de prédilection, mais on ne l'abordait jamais avant minuit. Une fois les douze coups sonnés, certains gestes, certains regards étaient de mise et semblaient anticiper les débats au programme : « L'amour est-il égoïste ? », « Désir et sentimentalité », « Le désir et la spiritualité ». L'alcool aidant, la théorie était toujours accompagnée d'exercices pratiques…

La renommée

Des milliers de personnes venaient jusqu'à l'appartement de la rue Gorokhovaïa dans lequel Raspoutine s'installa en mai 1914, afin de solliciter des services en tout genre. Les riches espéraient une faveur à la Cour, un brevet dans l'armée ou un poste de haut fonctionnaire. Les pauvres, souvent dans une situation financière désespérée, malades ou opprimés, attendaient un quelconque réconfort. Les femmes se pressaient par centaines pour réclamer de l'avancement pour leur mari, de l'argent pour nourrir leurs enfants ou des conseils sur la voie à suivre. Beaucoup venaient par curiosité, d'autres pour chercher l'aventure. Les quémandeurs faisaient la queue dans l'escalier et jusque dans la rue, jour et nuit, malgré le froid, l'ennui et la fatigue.

Les notes de l'Okhrana décrivent les comportements les plus extravagants dans le style terne des rapports policiers. Une inconnue vint voir Raspoutine pour tenter d'empêcher que son mari, un lieutenant qui se trouvait alors à l'hôpital, ne soit transféré hors de Saint-Pétersbourg. Interrogée à la sortie par les hommes consciencieux des renseignements, elle leur raconta comment les choses s'étaient passées :

Une servante m'a ouvert la porte et m'a introduite dans une pièce où Raspoutine, que je n'avais encore jamais vu, est entré aussitôt. Il m'a demandé tout de suite de retirer mes vêtements. J'ai obéi et je suis passée avec lui dans la pièce voisine. Il a à peine écouté ma requête ; il ne cessait de me toucher le visage et les seins, et il m'invitait à l'embrasser. Puis il a écrit un billet, mais ne me l'a pas donné, disant qu'il était mécontent de moi et m'ordonnant de revenir le lendemain.

L'attitude de Raspoutine envers les solliciteurs était imprévisible, parfois même capricieuse, mais jamais malveillante. Il recherchait certes les occasions de favoriser ses intérêts, néanmoins ses appétits restaient simples. Le Sibérien n'était pas avide d'argent. Les sommes considérables que lui offraient certains visiteurs pouvaient être remises sitôt après entre les mains d'une mère en difficulté. Il ne possédait ni vêtements élégants ni propriétés somptueuses, et les manières du beau monde lui restaient étrangères. Il écrivait avec beaucoup de difficulté et son fort accent sibérien paraissait insupportable dans une société où l'on parlait le français et l'anglais d'une manière raffinée.

N'ayant jamais perdu le souvenir de ses rudes années, il demeurait très proche de sa femme et de ses enfants, qu'il invita plusieurs fois à Saint-Pétersbourg. Il retournait souvent dans son village natal pour y retrouver ses habitants, auxquels il savait être utile. Il s'émerveillait d'avoir acquis une aussi grande importance dans la haute société pétersbourgeoise, mais se sentait surtout fier d'être si proche du tsar et, par conséquent, d'influer sur le destin de l'Empire.

Un espion sur les pas de Raspoutine

Grâce aux rapports des services secrets du tsar, nous pouvons suivre les faits et gestes de Raspoutine dans leurs moindres détails. La police joua en effet auprès de lui un rôle ambigu dès qu'il apparut dans l'entourage impérial, assurant à la fois sa protection et le surveillant étroitement. Mais les limiers du gouvernement ne restèrent pas seuls sur la piste du Sibérien, qu'un maître espion anglais rejoignit rapidement…

L'hiver 1912 s'était très vite installé, comme toujours en Russie. Après le brouillard, un vent glacé venu du nord avait soufflé, figeant les ornières des routes. Le passager d'un bateau britannique à destination de Saint-Pétersbourg regardait rouler dans le ciel de gros nuages blanchâtres aux reflets de plomb. Il songeait à son destin. Car, comme en témoignent ses écrits, l'homme avait pressenti l'issue de sa mission dès le début de son voyage. Il avait toujours rêvé de la Russie, ce pays lointain et étrange.

À ses yeux, la civilisation russe ne ressemblait à aucune autre ; tout comme sa cathédrale emblématique, Saint-Basile, qui n'appartenait à aucun style connu, ni au gothique flamboyant d'Europe ni au style byzantin. Était-ce l'architecture ou tout simplement l'âme russe qui réalisait ses caprices avec une telle fantaisie, jouant des contrastes, des couleurs, des effets de lumière sans craindre les contradictions ? Tolstoï, Dostoïevski et Pouchkine lui avaient donné des clés pour déchiffrer les mystères du caractère slave, le faisant voyager à travers le temps et dans les palais étincelants de Saint-Pétersbourg et du Kremlin.

Ses nouvelles fonctions n'avaient cependant rien de romantique. Représentant des services secrets de Sa Majesté, Robert Bruce Lockhart venait en Russie en tant que diplomate, afin d'éliminer le « lobby proallemand ». Il avait pour mission d'assurer la participation de la Russie dans la guerre contre l'Allemagne et de marginaliser le « principal agent d'influence » de cette dernière, selon les autorités britanniques : Raspoutine !

À peine arrivé à son ambassade, quai du Palais, le jeune aristocrate ne put résister à l'envie de se promener sur la perspective Nevski pour contempler avec délice les paysages de ses rêves. Des tourbillons de neige dansaient dans la lumière électrique des grands lampadaires. Il essuya avec un mouchoir son visage mouillé.

Mince, l'air réservé et réfléchi, Bruce Lockhart avait à peine vingt-cinq ans. Dès son arrivée, il fréquenta assidûment les salons littéraires et les têtes pensantes de la politique. Il tint table ouverte dans les meilleurs restaurants de la ville, où il croisa souvent Raspoutine. Ses goûts pour les fameux raviolis russes à la viande et la vodka aromatisée à l'herbe de bison étaient partagés par des amis de plus en plus nombreux. Folklore obligeant, les accents désespérés des violons tziganes allaient accompagner son travail d'espionnage sur les pas du Sibérien, au cours duquel il allait observer avec effroi le crépuscule du grand Empire.

À Saint-Pétersbourg, Robert Bruce allait aussi rencontrer la femme de sa vie. La première fois qu'il la vit à la représentation britannique, ses cheveux bruns épinglés en un haut chignon, son port droit et gracieux, il fut ébloui ; la belle inconnue promenait son regard sans prêter attention à l'agitation du salon. Sans attendre, il se la fit présenter. Elle s'appelait Maria – Moura pour les intimes – et était mariée à un haut fonctionnaire du ministère des Affaires étrangères, qui allait donner de précieuses informations sur Raspoutine.

Robert invita sur-le-champ la jeune femme à l'accompagner pour dîner. Lorsqu'ils s'engouffrèrent dans le restaurant, le rouge leur monta aux joues tant il faisait chaud. Étrangers à la salle qui se remplissait peu à peu, les deux ne se quittaient plus des yeux. Quand le repas fut terminé, on sabla le champagne dans un cabinet particulier où les tziganes furent invités à danser et à chanter. Précédé de deux femmes accourant à petits pas, pieds nus, un vieux tzigane entama une complainte reprise en chœur par les danseuses. Moura les écoutait avec un sourire alangui.

À 5 heures du matin, Bruce Lockhart la reconduisit chez elle. Fermant les yeux de bonheur, il n'osa embrasser que la pointe de son col de renard, enivré par cette odeur exquise de fourrure mouillée. Au-dehors, une lune orange et ronde semblait figée dans une attente curieuse. Cette soirée inspira probablement au jeune homme ces mots : « J'ai vu une femme de grand charme dont la conversation peut éclairer mes jours. Elle a vingt-six ans, elle est plus russe que russe. Sa force vitale est sans doute liée à une santé de fer… Sa philosophie de vie l'a faite maîtresse de son propre destin. C'est une aristocrate ; elle aurait pu être communiste, mais jamais une bourgeoise. »

Les deux êtres, épris de musique, cherchant le risque et l'amour absolu, semblaient faits l'un pour l'autre. Le diplomate ne cacha pas longtemps la vérité. Il se trouvait au cœur du dispositif des renseignements britanniques en Russie et se sentait investi d'une mission : « sauver la Russie ». Tel un ambitieux metteur en scène de drame historique, il lui fallait trouver des acteurs charismatiques…

La débâcle

La débauche

Les agents secrets – russes ou britanniques – ne se privaient pas de rapporter les frasques de Raspoutine. Le tempérament extravagant de ce dernier se traduisait surtout lors de ses sorties en ville, qu'il prenait soin de mettre en scène. Ainsi traversait-il Moscou enneigée dans une troïka, accompagné de tziganes ou de demi-mondaines. Ayant renoncé au serment de rester sobre, il faisait également boire du vin de Madère au cocher et l'injuriait pour qu'il force l'allure. Il fouettait lui-même les chevaux hors d'haleine et parfois même les piétons quand ils ne s'écartaient pas assez rapidement. Dans sa course folle, il ordonnait soudain au cocher de s'arrêter devant un *traktir*, une échoppe dans laquelle on pouvait commander un bortsch, la fameuse soupe ukrainienne dont il atténuait toujours la couleur cramoisie avec un nuage de crème fraîche. Autour de lui, la vodka coulait à flots : au citron ou aux piments aromatiques, elle se buvait dans des verres d'argent ou de cristal commandés par rangées entières. Alexandra et Nicolas II entendirent d'innombrables rumeurs sur l'ivresse du Sibérien, mais ils ne le surprirent jamais en état d'ébriété. Il était en effet capable de se dégriser sur-le-champ si le tsar ou la tsarine le faisait appeler...

Raspoutine avait persuadé ses disciples, en majorité des femmes, de la nécessité d'une sexualité débridée pour obtenir la rédemption. Il prétendait toujours soigner et guérir les possédées, avec lesquelles il s'enfermait pour avoir des rapports sexuels plus ou moins consentants. Dans ce domaine, les témoignages rapportés par la police secrète du tsar (le plus souvent grâce à la complicité des adversaires de Raspoutine) ne manquent pas.

En mai 1909, à la demande de l'impératrice, qui voulait être informée par ses amies du mode de vie du starets, Anna Vyroubova, Mme Orlova et une certaine Mme S. se rendirent dans le village natal de Raspoutine ; au cours de ce voyage, le Sibérien fit des avances à Mme S. qui, à son retour, l'accusa de l'avoir violée. En septembre 1909, le Sibérien rendit visite à Saratov au bord de la Volga ; il tenta de séduire la femme et la sœur d'un prêtre et une jeune nonne du couvent en leur appliquant ses méthodes thérapeutiques très particulières. En 1913, deux femmes, Khionia Berladskaïa et une certaine Éléna, vinrent à l'académie de théologie dénoncer Raspoutine : Berladskaïa déclara qu'il avait abusé d'elle dans un wagon de chemin de fer après lui avoir proposé de prier ensemble pour chasser le diable qui était en elle. Même dans les palais impériaux, Raspoutine ne parvenait pas à se retenir : la *niania* (nurse) Vichniakova l'accusa de l'avoir violentée dans sa chambre à Tsarskoïe Selo et se confia à l'impératrice, qui la fit éloigner pour quelques mois…

Le cercle de ses admiratrices comptait surtout des demi-mondaines, mais Raspoutine ramassait parfois des prostituées dans la rue (particulièrement dans la dernière période de sa vie). Cependant, à peine ces femmes s'étaient-elles données à lui qu'il se mettait à les détester, les rendant responsables de son « égarement spirituel ». Il se serait même parfois contenté de rapports platoniques, faisant déshabiller ses partenaires sans les toucher. L'une de ces femmes, Joukovskaïa, rapporta les paroles du « maître » :

> Le péché nous est donné pour que nous puissions nous repentir, c'est la joie pour l'âme, la force pour le corps, tu comprends ? Sans péché, il n'y a pas de vie, parce qu'il n'y a pas de repentir, il n'y a pas de joie.

Des volumes entiers de rapports s'empilaient à ce sujet au quartier général de la police secrète du tsar. Un jour, le président de la douma se permit de se plaindre auprès du tsar des fâcheuses habitudes qu'avait Raspoutine de prendre des bains en compagnie de nombreuses admiratrices. Nicolas II, imperturbable, rétorqua qu'il s'agissait là d'une tradition populaire[1]… Les souverains étaient parfaitement au courant des frasques de Raspoutine, mais ils les avaient acceptées. L'attitude des fols en

1. Certains, comme le général Djounkovski, payèrent de leur poste leurs interventions hostiles à Raspoutine.

Christ s'accompagnait souvent de dissolution sexuelle, et les écarts du Sibérien ne l'empêchaient donc pas d'être un élu de Dieu aux yeux du couple impérial.

Le scandale

Parmi les rumeurs circulant à l'encontre de Raspoutine, celles concernant les secrets d'alcôve de la tsarine eurent une portée plus grave. Gorki alla même jusqu'à affirmer que le tsarévitch était le fils de Raspoutine ! De son côté, le Sibérien se plaisait à laisser planer le doute sur les rapports qu'il entretenait avec Alexandra. Aucune preuve de ces prétendus liens avec l'impératrice n'a toutefois jamais pu être apportée. La personnalité de la souveraine, l'idylle qu'elle noua avec Nicolas dès leur première rencontre, les crises de jalousie qu'elle lui fit, bien qu'il se fût séparé définitivement de sa maîtresse, la ballerine Kchessinskaïa, témoignent plutôt de sa fidélité.

Certes, Iliodore, farouche ennemi de Raspoutine, ne manqua pas de publier une lettre maladroitement rédigée en russe dans laquelle Alexandra exprimait sans ambiguïté ses sentiments à Grigori :

> Mon bien-aimé et maître inoubliable, sauveur et guide, combien je me languis de toi. Je suis toujours sereine quand tu es près de moi, ô mon maître. Je baise tes mains et je pose ma tête sur ton épaule robuste.

Que de légèreté, que d'aisance à cet instant j'éprouve. Un seul désir alors me vient : m'endormir, m'endormir pour l'éternité au creux de tes bras.

Mais est-on bien certain d'avoir l'original de cette missive ? Ne s'agirait-il pas d'une manipulation d'Iliodore ?

En mars 1915, l'agent secret britannique Bruce Lockhart fut le témoin d'un événement qu'il allait s'empresser de rapporter autour de lui pour isoler Raspoutine. La scène eut lieu dans un grand restaurant de Moscou. D'ordinaire, le Sibérien aimait à dîner au vu et au su de tous, dans de spacieuses salles aux colonnes et aux boiseries dorées, dont les fenêtres étaient tendues de voilages en soie. Mais ce soir-là, il avait préféré souper dans l'un des cabinets particuliers fermés par de lourds rideaux de velours rouge. Des chanteurs tziganes avaient été convoqués pour l'occasion. Ses invités commandèrent caviar, vodka, langues d'élan et de renne, anchois et bœuf fumé, *pirojki* fourrés de confiture, le tout arrosé de vin de Madère.

Tous les détails de cette soirée furent transmis par le serveur, qui raconta comment, sous les cris de Raspoutine, les tziganes commencèrent une danse effrénée autour de lui. Ivre et libidineux, le Sibérien se vantait de ses relations avec la tsarine. Plus précisément, montrant le gilet brodé qu'il portait sous son caftan, il aurait dit : « C'est la vieille qui me l'a brodé… Je fais d'elle tout ce que je veux, elle est obéissante ! » Par provocation, il aurait même exhibé son sexe.

Ces « révélations » déclenchèrent un véritable tohu-bohu parmi les convives. Des salles attenantes, on entendit des cris, des jurons, des bruits de verre cassé et des claquements de porte. Il fallut un ordre du général Djounkovski, vice-ministre de l'Intérieur, qui dirigeait les services de police, pour emmener le Sibérien « grondant et jurant vengeance ».

Par les soins de Bruce Lockhart, l'histoire parvint rapidement jusqu'à la capitale de l'Empire. Lorsque la tsarine lut une copie du rapport officiel, elle fut révoltée et accusa l'honnête général Djounkovski d'« avoir commis un papier vil et sale ». Elle fut encore plus furieuse d'apprendre que ce dernier avait montré le rapport au grand-duc Dimitri. Désormais, l'affaire ne pouvait être dissimulée. Le scandale fut tel que le tsar renvoya Raspoutine dans son village natal de Sibérie. Mais au moment de partir, Raspoutine prévint la tsarine en larmes : « Rappelle-toi que moi, je n'ai besoin ni de l'empereur ni de toi… Mais ni l'empereur ni toi vous ne pouvez vous passer de moi. Si je ne suis plus là pour vous protéger, il arrivera malheur à votre fils. »

Ses anciennes protectrices, les grandes-duchesses Militsa et Anastasia, tentèrent de convaincre l'impératrice que Raspoutine était un aventurier et un coureur de jupons. Alexandra les écouta en silence, mais, dès lors, sans rompre avec elles, ne les considéra plus comme des amies. Elle entreprit de blanchir le starets. Ainsi, le Sibérien rentra vite dans la capitale et son influence sur le couple impérial ne cessa de se renforcer, jusque dans la nomination des ministres les plus importants.

Les historiens « officiels » voulurent accréditer la version selon laquelle il tirait bénéfice de ses interventions. Mais rien n'atteste l'existence de « pots-de-vin » ; ses comptes bancaires, pratiquement vides à sa mort, ainsi que sa famille laissée sans ressources, sont la preuve qu'il ne s'est pas enrichi au contact du tsar.

La tsarine Alexandra, à l'instar de son époux, ne porta jamais crédit aux vilenies dont son « ami » fut accusé : « N'a-t-on pas toujours vilipendé cet homme ?, s'insurgeait-elle. J'en veux pour preuve les bruits qui ont accompagné ses premiers pas dans le monde ! » L'impératrice faisait allusion aux rumeurs concernant les rapports de Raspoutine avec sa dame d'honneur et confidente, Anna Vyroubova, fille du chef de la chancellerie impériale. Ces bruits s'étaient révélés faux, car cette dernière était encore vierge, comme l'avait confirmé la commission du gouvernement provisoire en 1917.

L'attentat

En 1913, la Russie fêta le tricentenaire de la dynastie Romanov. Cet anniversaire commémorait l'élan de patriotisme qui, au printemps 1613, avait « sauvé la Russie après la période du Temps des troubles »[1]. Le tsar Nicolas II avait élaboré un long programme de festivités splendides. Ainsi affirmait-il aux yeux de son peuple comme aux yeux du monde l'importance de l'œuvre accomplie par les Romanov. Pendant que l'escadrille impériale descendait ou remontait la Volga, les moujiks se pressaient par centaines de milliers, agenouillés sur les rives, avec leurs prêtres, leurs croix, leurs étendards, leurs bannières, leurs icônes. Et tous, chantant des hymnes les mains tendues vers le ciel dans une commune extase, bénissaient leurs souverains[2].

Le voyage se termina à Moscou fin mai. Il avait fatigué l'impératrice qui, à plusieurs reprises, avait dû

---

1. Le tsar Michel Romanov avait été élu le 21 février 1613 par une assemblée populaire.

2. La famille impériale commença son voyage jubilaire à travers la Russie. Elle visita Vladimir, Souzdal et Nijni-Novgorod où elle s'embarqua sur la Volga vers Kostroma. De là, les souverains refirent le chemin qui avait conduit le tsar Michel à Moscou par Rostov et Pereïaslav.

s'aliter. L'empereur considérait cependant que ces cérémonies avaient montré la ferveur du peuple russe et l'amour qu'il portait au tsar. Mais la situation internationale allait bientôt assombrir ces festivités. Derrière le démembrement de l'Empire ottoman et la question des Balkans se mettaient en place les prémices d'une guerre mondiale. Raspoutine, qui avait fait le voyage avec la famille impériale, exposa ouvertement son point de vue[1] : « Les chrétiens se préparent à la guerre ; ils vont la faire, ils vont endurer des tourments et en faire endurer aux autres. C'est une mauvaise chose, la guerre. » Le Sibérien freinait la marche de la Russie vers la guerre, mais le tsar, mécontent du comportement du starets, n'aurait pas tenu compte de ses avertissements. Et le 28 juin 1914, l'assassinat de l'archiduc héritier du trône d'Autriche-Hongrie à Sarajevo par un anarchiste allait rendre le conflit inévitable.

Le lendemain, 29 juin, Raspoutine fut lui-même poignardé au sortir de l'église de son village sibérien par l'une des admiratrices les plus enflammées d'Iliodore[2], convaincue par ce dernier que son « devoir sacré » consistait à tuer le starets. Iliodore se rendit vite compte qu'une enquête permettrait de remonter jusqu'à lui. Il se rasa donc la barbe, se déguisa en femme et se réfugia en Finlande, puis, de là, en Suède. Après cet attentat, l'importance de Raspoutine devint primordiale et son influence s'exerça dans

---

1. Dans la *Gazette de Saint-Pétersbourg* le 13 octobre 1913 et dans une interview au journaliste Razoumovski.

2. Khionia Gousseva, ancienne prostituée.

tous les domaines. Mais la peur l'avait envahi. Il se mit à boire encore plus et multiplia les orgies dans les cabarets tziganes.

Rien ne laissait prévoir alors que la Russie allait passer la plus grande partie du XXe siècle sous un régime totalitaire. Jamais le pays n'avait été plus prospère et libéral ; jamais il ne s'était à ce point rapproché d'une normalité bourgeoise à l'européenne. Comme nous l'avons évoqué, Piotr Stolypine, Premier ministre de 1906 jusqu'à son assassinat en 1911, avait mené à bien des réformes décisives : la mise en place d'une monarchie constitutionnelle, la généralisation de la propriété privée paysanne, l'extension de l'instruction publique. L'économie avait « décollé » : Edmond Théry, dans un ouvrage publié à la veille de la Première Guerre mondiale, estimait que l'industrie lourde russe avait crû de presque 75 % en quatre ans à peine, entre 1908 et 1912 ; Norman Stone calculait, au même moment, que la part relative des investissements étrangers avait diminué de moitié depuis 1905, ce qui laissait supposer une croissance proportionnelle du capital russe. La vie culturelle n'était pas seulement brillante : pour la première fois, elle s'inscrivait dans un apolitisme désinvolte.

C'était le « siècle d'argent » des poètes prônant l'art pour l'art et la primauté de l'esthétique sur la morale, l'époque des Ballets russes et de Stravinski. En 1909, un groupe d'écrivains de Saint-Pétersbourg avait dénoncé l'intelligentsia révolutionnaire dans un manifeste collectif, *Vekhi* (*Jalons*), non pas au nom de la religion, de la société établie et des conventions, mais en invoquant au contraire la plus haute culture et la plus complète liberté. Mais la guerre, en juillet 1914, anéantit cette brève période de bonheur. « En quelques jours, nous avons vieilli de cent ans », écrivit alors la poétesse Anna Akhmatova.

Le 19 juillet, l'Allemagne déclara la guerre à la Russie. Raspoutine supplia le tsar de ne pas se laisser entraîner dans le conflit, dans une lettre qui témoigne de son don de prophétie. Le style hésitant est celui d'un illettré, mais quelle lucidité !

> Cher ami, je te répéterai, une fois encore, ce que je t'ai dit : un nuage menaçant s'étend sur la Russie. Malheur ! Souffrances infinies ! Il n'y a pas de mots. L'horreur est indescriptible !
>
> Je vois que tout dépend de toi. On veut la guerre, mais probablement on ne comprend pas que c'est la perdition. Lourde est la punition divine quand Dieu nous enlève la raison. C'est alors le commencement de la fin. Tu es le tsar, le père du peuple. Ne laisse pas les insensés triompher et se perdre eux-mêmes, ainsi que le peuple. On vaincra l'Allemagne, mais que deviendra la Russie ? En vérité, il n'y eut jamais depuis le commencement des siècles une martyre plus grande. Elle est toute submergée de sang. Tristesse sans fin.
>
> Grigori.

Au début de la guerre, les premières victoires exaltèrent le patriotisme russe. L'antimilitarisme fervent de Raspoutine ne joua donc pas en sa faveur. De plus, après la tentative d'assassinat à laquelle il échappa, le Sibérien ne recouvra jamais tout à fait la santé. Il quitta l'hôpital le 7 août, mais demeura sans vigueur et démoralisé. Lorsqu'il arriva dans la capitale, la Russie était en guerre depuis plus d'un mois. Il semblait désormais incapable de prier et entra dans une période de profonde dépression. Il pensait avoir perdu l'« énergie divine » phénoménale dont il parlait souvent pendant ses oraisons ou les séances de guérison. Tout se passait comme si Dieu l'avait abandonné.

Cependant, au début de l'année 1915, Raspoutine eut à nouveau l'occasion d'accomplir un « miracle » auprès d'Anna Vyroubova, demoiselle d'honneur et amie intime de l'impératrice, qui plus est fervente admiratrice du starets. Un jour de janvier, cette dernière avait quitté sa petite maison à Tsarskoïe Selo pour se rendre à Petrograd. Mais une violente tempête de neige réduisait la visibilité et le train dans lequel elle voyageait entra en collision avec un autre. Il y eut de nombreuses victimes parmi les passagers et Anna elle-même fut grièvement blessée. Son état semblait désespéré : elle avait été frappée à la tête par une poutrelle d'acier et souffrait de fractures multiples au bassin et aux jambes. Évanouie, elle était restée prisonnière des débris, car on avait préféré dégager d'autres blessés offrant une meilleure chance de survie.

À l'hôpital militaire où elle fut finalement transportée, on lui administra l'extrême-onction. Bien que toujours inconsciente, elle demandait sans cesse que Raspoutine prie pour elle. Malgré l'opposition de sa mère, on fit prévenir ce dernier qui, lui-même encore souffrant, se rendit sur-le-champ à Tsarskoïe Selo. Il pénétra dans la chambre de la malade sans s'être annoncé. Il y trouva le tsar et la tsarine, l'air résigné. Raspoutine s'avança jusqu'au lit d'Anna, lui prit la main et ordonna d'une voix ferme : « Aniouchka, Aniouchka, regarde-moi ! Je suis là ! » La blessée ouvrit lentement les yeux et soupira : « Grigori, Dieu soit loué ! » Puis elle sombra à nouveau dans l'inconscience.

Raspoutine se tourna alors vers Nicolas et Alexandra pour leur prédire : « Elle vivra, mais elle restera toujours boiteuse. » Et il quitta les lieux avec l'impression d'avoir épuisé ses dernières forces. Toutefois, cette visite lui avait mis la joie au cœur, car à peine avait-il commencé de prier qu'il s'était de nouveau senti « habité par l'amour divin », « en communication avec la puissance céleste ».

La guerre

La situation militaire se détériora rapidement : hiver rigoureux, manque d'armement et d'approvisionnement, commandement indécis. Il devint évident que la guerre serait longue, ce qui affecta profondément le moral du pays. L'armée avait expliqué ses premiers échecs en accusant l'espionnage au service de l'Allemagne.

À l'automne 1915, les deux tiers des soldats russes envoyés au front un an plus tôt, soldats aguerris et disciplinés, avaient été tués ; les quatre cinquièmes des officiers avaient disparu… L'état-major se voyait dans l'obligation de faire appel à des classes d'hommes de plus en plus âgés, de moins en moins formés. À l'automne 1916, au bout de deux ans, on comptait près de deux millions de morts, plus que l'Allemagne et la France n'en subiront chacune durant quatre ans de conflit.

À l'arrière, les civils n'étaient pas seulement confrontés au deuil. Des évacuations stratégiques avaient contraint des centaines de milliers d'habitants des régions les plus occidentales de l'Empire à gagner la Russie profonde. D'autres évacuations étaient envisagées à Riga, à Kiev et même à Saint-Pétersbourg (rebaptisée Petrograd par germanophobie en juillet 1914). En 1915, un nouveau ministre de la Guerre, Alexis Polivanov, décida de mettre en œuvre une « mobilisation totale », analogue à celle déjà pratiquée en Allemagne, en France et en Grande-Bretagne : les premières mesures de réquisition des vivres et des matières premières entraînèrent des pénuries, puis une inflation de près de 300 %.

Le tsar, impuissant face à ce désastre, y vit la confirmation qu'un mauvais sort était attaché à sa personne. Il avait traversé l'avant-guerre sans saisir qu'il vivait en fait l'apogée de sa dynastie. Déjà, en 1913, pendant les fêtes du tricentenaire des Romanov, il affichait une telle mélancolie – une « gravité funèbre », selon le mot de Muriel Buchanan, fille de l'ambassadeur des États-Unis – que la foule massée dans les rues de Saint-Pétersbourg le long de son cortège n'avait pas osé l'acclamer.

En novembre 1916, l'universitaire français Pierre Pascal, chrétien mystique et futur compagnon de route des bolcheviks, fut présenté au tsar, au quartier général des forces russes installé à Moguilev, en Russie blanche. Il confia :

> J'ai vu l'empereur, petit, portant la barbe entière, noire, d'apparence physique maladive… Il m'a demandé si j'avais été au front en France. Puis il m'a regardé un instant, sans rien dire… L'impression de majesté que produit l'empereur ne vient pas de son physique ni d'aucun apparat, puisqu'il est tout simple, en uniforme de colonel, mais de sa gravité, où l'on per-

çoit la conscience de sa responsabilité, de sa divine mission.

Ce n'était pourtant pas seulement pour accomplir son devoir que Nicolas II s'était installé à Moguilev l'été précédent, afin d'assumer personnellement le commandement des troupes, mais aussi par désespoir.

En quittant la capitale, le tsar avait demandé à la tsarine d'être « ses yeux et ses oreilles » à Petrograd – pas de diriger l'Empire à sa place. Mais au bout d'un certain temps, le pays se rendit compte qu'il était désormais gouverné par une impératrice avec, dans son ombre, la silhouette de son « saint homme » : Raspoutine. Les ennemis de ce dernier se firent de plus en plus nombreux, en particulier chez les politiques, les militaires et dans le clergé orthodoxe qui, au début, l'avait pourtant bien reçu. Son inconduite révolta de plus belle. Les pires calomnies se répandirent alors sur son compte, en même temps que la guerre tournait au désastre. En 1916, l'impératrice – d'origine allemande, rappelons-le – et Raspoutine furent ainsi accusés à la douma (le Parlement) de faire le jeu de l'ennemi, voire d'être des « espions à la solde de Berlin ».

Pendant ce temps, au palais, la gouvernante des jeunes grandes-duchesses, Sophie Tiouttcheva, petite-fille du grand poète, était remerciée : elle avait eu le tort de s'opposer aux visites de Raspoutine dans les chambres des fillettes et de dire à l'impératrice que ces dernières se trouvaient en danger. Elle voyait

Raspoutine s'attarder le soir au chevet d'Alexis et les jeunes grandes-duchesses se tenaient là, en chemise de nuit, riant avec le Sibérien. Tout cela semblait encore innocent, mais devenait dangereux. La tsarine ne tint pas compte de l'avis de la gouvernante – d'autant que celle-ci lui avait rapporté des faits qu'elle savait inexacts.

Sophie Tiouttcheva obtint cependant de l'empereur que Raspoutine ne monte plus à l'étage des enfants. Avant d'être chargée de l'éducation des enfants impériaux, elle avait été institutrice chez la grande-duchesse Elisabeth, sœur de la tsarine, à laquelle elle confia ses soucis. Elisabeth mena sa propre enquête et mit elle-même Alexandra en garde. Mais sa sœur lui répondit : « Ce sont des calomnies contre ceux qui vivent comme des saints. »

Raspoutine baignait les enfants et restait à leur chevet jusqu'à ce qu'ils s'endorment, citant volontiers la parole de l'Évangile, « Faites pénitence », et ajoutant aussitôt : « Comment faire pénitence si l'on n'a pas tout d'abord péché ? » Il expliquait que la contrition parfaite implique une humilité totale, et qu'en s'humiliant l'homme se lave du péché d'orgueil…

Le comte Kokovtsev, successeur de Stolypine au poste de Premier ministre, tenta également de démontrer au tsar la nocivité des activités de Raspoutine. Il fut contraint de démissionner… Il suffisait d'un mot du Sibérien pour que tombent les ministres.

L'homme d'État

Le cercle des relations de Raspoutine s'était agrandi. Il avait fait la connaissance de financiers : l'industriel Poutilov, le banquier Manus et son rival, Rubinstein. Sur une recommandation de sa part, les ministres valsaient. Le Saint-Synode se scinda en « raspoutiniens » et « antiraspoutiniens ». Le Sibérien n'avait cependant pas de politique propre. Il méprisait indifféremment, élevait soudain, puis rejetait aussi brutalement les innombrables quémandeurs se pressant dans son antichambre. Ses choix se faisaient à l'« intuition », au terme d'une prière. Les protégés du « saint homme » avaient des caractères, des opinions, des modes de vie et des mœurs dissemblables. Leur seul point commun : ils avaient attiré son attention.

L'influence de Raspoutine sur la tsarine était à son zénith. Comment expliquer ce mystère ? Le Sibérien parvint à persuader l'impératrice qu'il prenait sur lui tous les péchés de l'univers et qu'il se purifiait dans sa chute. Cette explication mystique, tirée de l'arsenal sectaire, satisfit Alexandra – laquelle lisait d'ailleurs à l'époque un ouvrage intitulé *Les Fols en Christ de l'Église russe*, soulignant au crayon les passages qui traitaient de la sainteté se manifestant à travers des dépravations sexuelles… En 1915, la souveraine vivait ainsi – selon l'expression de l'ambassadeur français Paléologue – dans une « sorte d'hypnose » induite par le Sibérien. « Quelque opinion qu'il exprime, quelque volonté qu'il formule, elle acquiesce et obéit aussitôt : les idées qu'il lui suggère s'implantent dans son cerveau sans y provoquer la moindre contradiction. »

D'ordinaire, Alexandra ne recevait pas Raspoutine au palais. Elle le voyait chez sa dame de compagnie et amie de longue date, Anna Vyroubova, toute dévouée au starets, surtout depuis sa miraculeuse résurrection. Le Sibérien continua de disposer d'un appartement à Petrograd, mais il était convoqué à Tsarskoïe Selo chaque fois que la tsarine souhaitait son conseil ou sa bénédiction sur des problèmes qui avaient de plus en plus trait à la politique. Alexandra, Vyroubova et Grigori pouvaient rester des heures enfermés dans la petite maison de la dame de compagnie, à cent mètres du palais, pendant que la police montait la garde à l'extérieur. Et l'ambassadeur Paléologue de remarquer : « Comme l'empereur n'ose rien décider sans l'avis ou même l'assentiment de sa femme, ou plutôt son approbation, ce sont en définitive l'impératrice et Mme Vyroubova qui gouvernent la Russie. »

Lorsque Raspoutine s'absentait de la capitale, l'impératrice restait en relations télégraphiques avec lui. Elle expliquait au tsar qu'elle voyait en lui un « second Christ » confronté aux tourments et aux tentations du diable… Rien de tout cela ne transpirait dans la presse, mais tout Petrograd était au courant. Raspoutine ne manquait pas de s'en vanter ! Son comportement en public horrifiait la bonne société et les scandales se succédaient de plus belle.

Plus tard, la commission d'enquête du gouvernement provisoire chargée de faire le point sur les circonstances de la chute du régime tsariste allait éplucher avec le plus grand soin le « dossier Raspoutine ». Quantité de témoins furent interrogés. On examina à la loupe les rapports des policiers ayant pour mission de veiller, vingt-quatre heures sur vingt-quatre, à la sécurité du « saint diable », comme on nommait désormais le Sibérien. Ainsi, tandis que la Russie courait à toute allure à la catastrophe, les plus hauts dignitaires de l'État étudiaient les aspects croustillants de la vie du starets. Le crépuscule des civilisations est souvent marqué par des chroniques d'alcôve !

La commission finit par conclure que les supposées orgies n'étaient que des histoires inventées, en particulier en ce qui concernait les dames de la Cour – un « examen médical approprié » révéla ainsi qu'Anna Vyroubova, confidente de l'impératrice et protectrice de Raspoutine, accusée d'être son amante, était toujours vierge. En ce moment tragique, l'histoire russe oscillait entre le drame et l'opéra bouffe…

Cependant, en matière de rumeur, la perception que l'on a de la réalité compte bien plus que la réalité elle-même. Et, selon la formule de Michel Heller, si « en 1912, toute la Russie entend dire que Raspoutine est peut-être l'amant de la tsarine ; en 1914, le pays le “sait” ». La commission étudia les documents remis à l’officier Rodionov par Iliodore et authentifiés par Nicolas II. Il s’agissait d’une lettre de l’impératrice, de lettres des quatre grandes-duchesses et d’un mot du petit Alexis. La plus ambiguë reste la missive de la tsarine, écrite en russe – une langue qu’elle maîtrisait mal. Elle y tient des propos excessifs qui prêtent à confusion. Mais c’est dans ce style pathétique que la souveraine s’adressait à ses intimes[1].

1. Voir *Archives secrètes de l’empereur Nicolas II*, Paris, Payot, 1928.

Le fatum

« La difficulté de combattre Raspoutine », écrit dans ses *Mémoires* le père Gueorgui Chavelski, dernier aumônier de l'armée et de la flotte russes, « vient de ce que l'on doit moins lutter contre lui que contre l'impératrice. » Et l'impératrice, elle, a une politique. Le tsar resté au front, le pouvoir était entre les mains de la tsarine. Mais le couple impérial demeurait soudé. À partir de juin 1916, Alexandra prit l'habitude de se rendre régulièrement à la Stavka, l'état-major des forces armées : elle s'isolait avec l'empereur une journée entière et lui arrachait les décisions qu'elle n'avait pu obtenir par leur correspondance. Son objectif principal résidait dans la préservation de l'autocratie et sa transmission à l'héritier. Enfermée dans le palais et dans sa foi mystique, elle voyait en Raspoutine la garantie d'un lien direct avec le peuple et l'avenir.

Attachée à la tradition et à l'ordre, la tsarine était prête à assumer la dimension répressive de l'autocratie, confortée par son « cher ami ». Monarchiste et populiste, Raspoutine aimait à sa façon la tsarine ; il voulait la sauver et sortir le pays de la guerre. Mais la Cour considérait le Sibérien comme la cause principale du « délire politique » de l'impératrice. Face à cette hostilité, Alexandra écrivit au tsar :

> Le temps de l'indulgence et de la bonté est passé. Il faut les contraindre à s'incliner devant toi, à écouter tes ordres et à travailler comme tu le désires et avec qui tu veux… Pourquoi suis-je détestée ? Parce que l'on sait que j'ai une volonté ferme et que, lorsque je suis convaincue qu'une chose est juste (et en outre bénie par Grigori Raspoutine), je ne change plus d'avis ; et cela, ils ne peuvent le supporter.

Le 14 décembre 1916, elle écrivit encore :

> Notre cher ami t'a demandé de dissoudre la douma… Sois donc Pierre le Grand, Ivan le Terrible, écrase-les tous sous tes pieds… Tu dois m'écouter, chasse la douma…

Certains aristocrates, comme le prince Ioussoupov, inventèrent alors un complot international dont Raspoutine était l'instrument et les inspirateurs tantôt les Allemands, tantôt les milieux sionistes. Et l'entourage du couple impérial de dénoncer en Raspoutine l'Antéchrist !

Cependant, ce ne fut pas une conspiration mondiale qui accéléra la chute de l'Empire, mais celle d'un groupe d'aristocrates proches de Nicolas II. Raspoutine savait que la guerre contre l'Allemagne serait calamiteuse pour la Russie. Dans ce contexte, le « parti de la morale et du bon sens » ne fut pas le seul à vouloir éliminer le Sibérien ; le « parti de la guerre » prit une part décisive dans le complot. Les rapports de police le confirment, l'idée qu'il fallait en finir avec cet homme avait déjà germé dans bien des têtes…

Désormais, la plupart des parents du tsar affichaient publiquement leur hostilité à Alexandra. La tsarine douairière songeait à faire enfermer dans un couvent cette bru qu'elle n'avait jamais acceptée : « Je crois que Dieu aura pitié de la Russie. Alexandra Fedorovna doit être écartée. Je ne sais pas comment cela doit se faire. Il se peut qu'elle devienne tout à fait folle, qu'elle entre dans un couvent ou qu'elle disparaisse. » Le frère du tsar, le grand-duc Michel, insista aussi auprès de Nicolas II pour qu'il se libère de l'influence fatale de sa femme. Son beau-frère Sandro et son cousin Dimitri avaient fait de même, sans plus de résultat.

En novembre 1916, le grand-duc Gueorgui, le frère de Sandro, rapporta au tsar que Raspoutine suscitait une « haine extraordinaire » et le pria de constituer un « ministère responsable » devant la douma, seule décision pouvant « prévenir une catastrophe générale ». Quelques jours plus tôt, un autre grand-duc, Nicolas Mikhaïlovitch, s'était également efforcé de convaincre le tsar : « Crois-moi, si j'insiste tellement pour que tu te libères des chaînes qui ont été forgées, je ne le fais que dans l'espoir de t'épargner et d'épargner à notre cher pays des conséquences sérieuses et irréparables. »

Alarmée par la montée de l'hostilité contre l'impératrice, Ella, sa propre sœur aînée, quitta quelques jours son couvent de Moscou pour se rendre à Tsarskoïe Selo. Cependant, dès qu'elle prononça le nom de Raspoutine, la tsarine coupa court à la conversation. Elle se leva, appela un domestique et ordonna à sa sœur de partir. De retour à Petrograd, la grande-duchesse, ébranlée, se rendit directement chez les Ioussoupov, qui attendaient avec impatience l'issue de la réunion dans leur palais sur la Moïka. Ella entra dans le salon en larmes : « Elle m'a chassée comme une chienne ! Pauvre tsar, pauvre Russie ! » Ella ne reverra plus sa sœur. Les dés semblaient jetés : la tsarine ne consentirait jamais à se débarrasser de Raspoutine.

Le grand-duc Dimitri confia au prince Félix Ioussoupov qu'après avoir bien observé le tsar, il était convaincu que des drogues, administrées à son insu, paralysaient sa force de volonté. D'ailleurs, Raspoutine avait révélé à Ioussoupov que l'on donnait à l'empereur « un thé qui faisait descendre sur lui la grâce divine ». Il aurait même précisé : « Son cœur s'emplit de lumière, tout lui semble bon et gai. » Le « thé » en question était approvisionné par un Tibétain, Badmaïev, qui le concoctait à partir d'« herbes fournies par la nature elle-même ». Cette version des faits reste certes invérifiable ; mais elle restitue l'ambiance de nid de vipères qui régnait à la cour impériale.

Les inimitiés[1] se cristallisèrent donc contre Raspoutine. Le prince Félix Ioussoupov faisait partie de

1. Autour de la grande-duchesse Elisabeth : le prince Félix Ioussoupov ; le gouverneur de la province de Moscou, Djounkovski ; le maréchal de la noblesse, Samarine ; le président de la douma, Goutchkov.

ses adversaires acharnés. Son père, Soumarokov-Elston, avait épousé la dernière descendante des Ioussoupov, l'une des plus grandes et riches familles russes, et avait obtenu le droit d'en porter le nom ainsi que le titre pour qu'elle perdurât. Ils possédaient d'immenses domaines, plusieurs palais à Saint-Pétersbourg et à Moscou, des bijoux d'une valeur inestimable et la plus belle collection privée d'objets d'art du pays. Sa mère, la princesse Zinaïda, une femme d'une beauté remarquable, avait déjà eu trois fils, dont un seul avait survécu. Elle désirait une fille et, quand Félix naquit, elle le traita comme tel, lui laissant les cheveux longs et l'habillant en robe, se félicitant ainsi : « N'est-ce pas que bébé est mignon ? »

Adolescent, le prince continua à l'occasion de s'habiller en femme, s'attirant les regards admiratifs d'officiers ou de jeunes gens du monde, et même ceux d'Édouard VII, roi britannique, qui ne se douta pas de la supercherie. Comme nombre d'héritiers de la noblesse russe, il paracheva son éducation dans les villes à la mode d'Europe occidentale. Il suivit même des cours à l'université d'Oxford, où il se fit accompagner d'un chauffeur, d'un cuisinier, d'un valet, d'un intendant et d'un laquais d'écurie. Le prince était un esthète…

Le jeune aristocrate semblait avoir tout pour lui. Mais, outre les ennuis de santé dont il souffrait depuis son retour d'Oxford, d'aucuns murmuraient que son homosexualité était vue d'un mauvais œil par son parrain le tsar qui, pour cette raison, retardait son entrée dans la garde impériale.

Dans ses *Mémoires*, Ioussoupov exprime ainsi ses sentiments à l'égard de Raspoutine : « Dans ses veines coulait du sang criminel. Fils de voleur de chevaux, voleur de chevaux il fut… » Le prince ne cachait pas non plus son dégoût pour les orgies « viriles » auxquelles, disait-on, se livrait ce « moujik repoussant ». En vue de l'éliminer, il se mit en quête d'un tueur à gages, mais, ne trouvant pas l'homme idéal, il décida d'accomplir lui-même le crime qui allait le rendre tristement célèbre. Afin d'approcher sa future victime, il utilisa les services d'une fervente admiratrice, secrétaire bénévole de Raspoutine, Maria Golovina.

Ioussoupov dévoila ses plans à son ami intime, le grand-duc Dimitri – on prétendait qu'ils avaient eu une liaison plus jeunes –, cousin du tsar Nicolas II, ainsi qu'à un officier, homme de confiance, en permission à Saint-Pétersbourg : le lieutenant Soukhotine. Le Dr Lazovert et Pourichkevitch, un des dirigeants de la droite parlementaire, se joignirent par la suite au trio. Le prince Félix Ioussoupov publia en 1927 le récit détaillé, mais arrangé, de cette soirée fatidique[1].

1. Voir prince Félix Ioussoupov, *La Fin de Raspoutine*, Monaco, éditions du Rocher, 2005.

L'assassinat

La conspiration aboutit à ses fins durant la nuit du 16 au 17 décembre 1916. Raspoutine fut convié au palais Ioussoupov, dont le prince avait transformé le sous-sol en salon d'apparat, ornementé d'un crucifix de cristal et d'argent. Raspoutine éprouvait de la sympathie et une certaine fascination pour le prince, qu'il appelait « le petit ». Quand ce dernier l'invita à venir le voir au palais, afin d'y faire la connaissance de sa femme, la princesse Irène, le Sibérien accepta avec joie. Se laissait-il aveugler par la vanité, tant était grande sa fierté d'être reçu par le couple fabuleusement riche ? Une curiosité sincère l'incitait-elle à rencontrer la princesse ? Ou bien savait-il qu'il allait au-devant de la mort, estimant qu'il suivait une voie tracée d'avance ?

Les allées et venues du Sibérien étaient surveillées par les informateurs de la police secrète, et ce malgré le froid glacial. Il sortit pour se rendre à l'église, suivi par les agents de police en tenue qui assuraient sa protection, puis se rendit à l'établissement de bains. Au milieu de la matinée, il regagna son appartement, où se pressaient déjà les visiteurs du jour. Parmi eux se trouvait une célèbre femme de lettres portée sur l'occultisme, qui lui reprocha le tort qu'il faisait au tsar et au pays tout entier. Il lui répondit d'une voix humble, presque suppliante : il aimait le tsar, mais reconnaissait que, par inadvertance, il lui avait causé, ainsi qu'à la famille impériale, un certain préjudice. Puis il ajouta sur un ton péremptoire : « Je sens ma fin prochaine. Ils me tueront, et le trône ne durera pas trois mois. » Aussitôt après, un coup de téléphone anonyme annonça qu'il allait être assassiné la nuit même…

Raspoutine ne fut pas surpris outre mesure par le message, car il en avait déjà reçu beaucoup d'autres du même genre. Au déjeuner, il chercha un réconfort dans l'alcool et sombra la moitié de l'après-midi dans un sommeil lourd. Quand Anna Vyroubova se présenta chez lui, un peu plus tard, il était déjà dégrisé. Elle lui apportait un cadeau de l'impératrice : une icône au dos de laquelle la tsarine et ses enfants avaient apposé leur signature. En apprenant que Raspoutine avait l'intention de se rendre ce soir-là au palais Ioussoupov, Vyroubova le supplia de n'en rien faire. Anna jugeait en effet injurieux pour lui d'être reçu à minuit : si le prince voulait le rencontrer, il n'avait qu'à le faire au grand jour ! Raspoutine répondit qu'il n'irait pas à ce rendez-vous.

Sur ces entrefaites, Protopopov, le ministre de l'Intérieur, vint s'entretenir aussi avec le « saint homme » des questions du jour. Il l'avertit que la police secrète avait réuni un faisceau de témoignages laissant penser que l'on s'apprêtait à lui porter un mauvais coup. Il insista pour que Raspoutine restât chez lui au moins pendant deux jours. Ce dernier se rangea apparemment à son avis. Mais à peine son interlocuteur était-il parti qu'il commença de se préparer à sortir…

Le prince Ioussoupov se présenta à la porte du domicile de Raspoutine juste après minuit. Un autre des membres du complot, le Dr Lazovert, lui tenait lieu de chauffeur. Auparavant, ce dernier avait fourni le cyanure de potassium qui devait être incorporé aux gâteaux et au vin. Les conspirateurs avaient élaboré un plan : Raspoutine serait introduit dans la pièce tandis qu'un Gramophone jouerait dans les salons d'apparat situés au-dessus, afin de donner l'impression que la princesse Irène était l'hôtesse d'une réception battant encore son plein. En attendant qu'elle vienne les rejoindre (en réalité, elle se trouvait en Crimée), ils espéraient que Raspoutine accepterait de goûter les mets auxquels était mêlé le poison. Selon le Dr Lazovert, chaque pâtisserie contenait assez de cyanure pour tuer un éléphant…

Le décor composé par Ioussoupov était digne d'une scène de théâtre. La lumière blafarde perçait à peine les soupiraux pour aller mourir sur les soieries damassées, dont le rouge violacé mettait en valeur les porcelaines chinoises posées sur de petites consoles de bois doré. Le tapis persan où se mêlaient les bleus et le pourpre contrastait avec la blancheur immaculée d'une peau d'ours jetée devant la cheminée de granit rouge. Un meuble singulier attirait l'attention : un cabinet italien incrusté de pierres semi-précieuses. Grâce à de subtils jeux de miroirs, on pouvait suivre, en son centre, un labyrinthe sans issue.

Raspoutine avait fait un effort de toilette tout particulier en vue de sa présentation à la princesse. Il portait une chemise en soie brodée de bleuets par la tsarine, un pantalon de velours noir et ses bottes bien cirées avaient l'air toutes neuves. Ses cheveux et sa barbe, lavés et peignés avec soin, gardaient toutefois une odeur de savon bon marché. Il paraissait très nerveux. De son côté, le prince se trouvait dans un état de grande anxiété ; aussi la conversation fut-elle un peu contrainte au début. Le Gramophone jouait *Yankee Doodle Dandy* au-dessus de leurs têtes, et Félix expliqua que sa femme descendrait aussitôt que ses invités se seraient retirés.

Ioussoupov proposa à Raspoutine un biscuit empoisonné. Ce dernier le refusa, et le prince, déjà mal à l'aise, sentit la sueur perler sur son front. C'est alors que le Sibérien, sans paraître y prêter attention, absorba un gâteau, puis un autre… Son hôte était à la fois plein d'appréhension et comme hypnotisé. Assurément, le poison n'allait pas tarder à faire son effet : deux pâtisseries devaient suffire à tuer une demi-douzaine d'hommes… Pourtant, le paysan continuait à parler comme si de rien n'était. Alors, le prince décida de passer à la seconde étape : il disposait de deux verres enduits de poison…

Mais le Sibérien aperçut la guitare du prince, posée dans un coin, et lui demanda de lui chanter une romance tzigane – c'était l'un de ses talents de société. Il fit ainsi jouer son assassin jusqu'à 2 heures et demie du matin, bien que le désarroi de Ioussoupov ait été plus grand que celui de sa victime : « Sous le lourd regard de Raspoutine, je sentais mon assurance disparaître. Puis une paralysie étrange me saisit, j'eus le vertige et ne vis plus rien devant moi. Je ne sais combien de temps cela dura. »

S'étant excusé sous le prétexte d'aller voir si sa femme était enfin prête, Ioussoupov monta à pas chancelants demander conseil à ses complices. Ces derniers étaient aussi bouleversés que lui. Ils s'engagèrent dans l'escalier, mais Félix revint le premier, souhaitant peut-être porter seul le coup historique. Raspoutine inclinait à présent la tête sur sa poitrine et se plaignait de se sentir mal. Mais ce n'est qu'à l'instant où le prince lui montra un crucifix qu'il comprit ce qui l'attendait. Plusieurs coups de pistolet furent tirés, provenant de trois armes. Les deux premiers tireurs, maladroits, ne l'auraient que blessé ; le troisième, plus expérimenté, le toucha précisément au centre du front. Un coup fatal, *a priori*…

Les circonstances précises de la mort de Raspoutine restent aujourd'hui encore entourées de mystère. De nombreuses interprétations s'affrontent. On a longtemps dit que le prince Ioussoupov avait commis le crime. En réalité, il semble plus vraisemblable que le grand-duc Dimitri en personne[1] ait achevé le Sibérien ; les autres conspirateurs n'auraient fait que le « couvrir » pour ne pas entacher les mains du possible candidat au trône.

1. Dans les années 1920, ce dernier confirma cette version des faits dans des interviews à la presse d'immigration russe.

Quant au prince Ioussoupov, il décrit ainsi ce moment fatidique[1] :

> Raspoutine était mort. Des gouttelettes de sang coulaient de sa blessure et tombaient sur les dalles de granit. Brusquement, son œil gauche s'entrouvrit et les deux yeux de Raspoutine, devenus étrangement verts et fixes comme ceux d'un serpent, me transpercèrent d'un regard diabolique plein de haine. Comme s'il avait brusquement été pris de frénésie, il bondit d'une détente sur ses pieds ; de l'écume coulait de sa bouche. Il était effrayant. Un hurlement sauvage emplit la salle et je vis arriver sur moi une main aux doigts tordus. Raspoutine ressuscité répétait sans arrêt mon prénom d'une voix sifflante et étouffée… Dans cet homme mourant, empoisonné et transpercé d'un coup de feu, dans ce cadavre que des forces obscures avaient remis debout pour venger sa mort, il y avait quelque chose de si terrifiant, de si monstrueux, que, jusqu'à aujourd'hui, quand je repense à ce moment, je suis saisi d'une terreur indicible… Il me semblait que le diable lui-même s'était incarné dans ce moujik et que ses doigts crochus me tenaient pour ne plus jamais me lâcher. Mais quels ne furent pas mon étonnement et mon horreur lorsque je vis la porte d'entrée s'ouvrir et Raspoutine disparaître dans l'obscurité… Pourichkevitch s'élança à sa suite, trois coups de feu retentirent, puis un quatrième… Je vis Raspoutine tituber, puis s'effondrer dans la neige.

Quel crédit accorder à ce récit ? Raspoutine, blessé et empoisonné, a-t-il vraiment réussi à sortir du

1. Prince Félix Ioussoupov, *op. cit.*

palais ? Quoi qu'il en soit, son corps fut repêché quatre jours plus tard dans la Neva. L'autopsie révéla la présence d'eau dans ses poumons, ce qui signifie qu'il respirait encore lorsqu'il fut jeté à l'eau. Cependant, l'original de l'expertise a disparu des archives russes…

Au début du XXIe siècle encore, un documentaire de la BBC[1] rapporta des conclusions sensationnelles sur l'assassinat du Sibérien. Selon Richard Cullen, ancien détective de Scotland Yard, le troisième tireur, qui porta le coup fatal, était… un agent des services secrets britanniques : Oswald Rayner, lié à Robert Bruce Lockhart ! Si cette version continue à susciter des polémiques, il est incontestable que Raspoutine fut placé au centre d'une impitoyable guerre menée en Russie par les services secrets britanniques et allemands. Les Britanniques ne souhaitaient pas que Raspoutine, profondément pacifiste, arrive à convaincre le tsar de cesser la guerre, favorisant ainsi les intérêts allemands. Avec l'assassinat du Sibérien, Londres prit certes l'avantage ; mais avec le retour de Lénine en Russie, Berlin allait rafler la mise.

1. Ce documentaire a été diffusé en France en juillet 2007 sur la chaîne Histoire. L'hypothèse de Richard Cullen se base sur la découverte d'un éminent pathologiste russe, Vladimir Jarov.

La légende

Très vite, une légende rocambolesque commença à se propager dans tout Saint-Pétersbourg : une servante aurait découvert le pénis tranché de Raspoutine sur les lieux du meurtre ! La « chose » aurait finalement atterri entre les mains d'un groupe d'admiratrices russes expatriées à Paris, qui la vénéraient comme un symbole de fertilité, la conservant à l'intérieur d'un précieux coffret en bois. Informée de cela, la fille de Raspoutine, Maria, demanda qu'elle lui soit remise et la garda jusqu'à sa mort.

Bien plus tard, un certain Michael Augustine prétendit avoir acheté le précieux attribut avec plusieurs autres objets personnels de Raspoutine, lors d'une vente organisée après le décès de Maria. L'objet fut effectivement vendu à l'hôtel des ventes Bonhams Amateur, mais les officiels découvrirent rapidement que ce n'était pas un pénis humain. On ignore s'il s'agissait de l'objet que vénéraient les Russes des années 1920 ou si Augustine avait voulu duper les commissaires-priseurs.

En 2004, le directeur du centre de recherches sur la prostate de l'Académie des sciences naturelles de Russie, Igor Knyazkin, annonça l'ouverture d'un musée de l'Érotisme à Saint-Pétersbourg. Dans les collections présentées au public se trouve le prétendu pénis de Raspoutine, long de près de trente centimètres, qui aurait été acheté à un collectionneur d'antiquités français. S'agit-il effectivement du sexe de Raspoutine ? Seuls des tests ADN pourraient le dire… Le doute subsistera encore longtemps car, si la rumeur rapporte que les assassins le castrèrent, l'autopsie officielle conclut que ses organes génitaux étaient intacts.

La fin des Romanov

Au début de l'hiver 1917, la tsarine Alexandra, effondrée, se rendit tous les jours sur la tombe de l'« ami ». On l'accusait maintenant d'entrer en relation avec l'« esprit de Raspoutine » par l'intermédiaire de son ministre de l'Intérieur, Protopopov, que l'on disait médium…

Quelque temps avant sa mort, Raspoutine avait écrit à son secrétaire Simanovitch :

> J'écris et je laisse derrière moi cette lettre à Saint-Pétersbourg. Je sens qu'avant le 1er janvier je ne serai plus de ce monde. Je voudrais faire savoir au peuple russe, à Papa et à la Mère des Russes, aux Enfants, à la terre de Russie, ce qu'ils doivent comprendre. Si je suis tué par des assassins communs, et en particulier par mes frères les paysans, toi, tsar de Russie, ne crains rien, demeure sur ton trône et gouverne ; tu n'auras rien à redouter pour tes enfants, qui régneront durant des siècles sur la Russie. Mais si je suis mis à mort par des boyards ou des nobles, et s'ils font couler mon sang, leurs mains demeureront à jamais souillées et, durant vingt-cinq ans, ils ne parviendront pas à le faire disparaître. Ils quitteront la Russie. Les frères tueront les frères, ils se haïront l'un l'autre et, durant vingt-cinq

ans, il n'y aura plus de nobles dans ce pays. Tsar de la terre de Russie, si tu entends le son du glas t'avertir que Grigori a été tué, sache ceci : si ce sont tes parents qui ont préparé ma mort, alors aucun membre de ta famille, c'est-à-dire aucun de tes enfants ou de tes parents, ne survivra plus de deux ans. Ils seront tués par le peuple russe…

L'apparition de Raspoutine à la Cour avait été le signe de l'épuisement interne du régime et de la faiblesse psychologique du couple impérial. Et lorsque la situation avait commencé à changer, que la guerre avait été déclarée, le « facteur Raspoutine » était devenu l'une des causes majeures de la chute de la dynastie et de l'Empire. Survint ensuite la révolution de février 1917, donnant l'illusion d'une grande fête populaire où des orateurs fougueux prononçaient des discours inspirés devant une foule ensorcelée. Puis il y eut des manifestations contre la pénurie de pain, des heurts avec la police, des émeutes, des pillages, le couvre-feu.

Le 1er mars 1917, les quelque cent soixante mille soldats présents dans la capitale de l'Empire s'insurgèrent. Le tsar rentra alors du front à Petrograd où certains lui soufflèrent de rallier des troupes fidèles pour reconquérir la capitale. Mais Nicolas II se refusa à « tuer ses compatriotes ». Hors de l'abdication du tsar, pas de salut. Au quartier général, le général Alexeiev consulta tous les commandants de fronts. Tous, sauf un, se prononcèrent pour le départ de Nicolas II ! Ce dernier se résigna donc le 3 mars. Il pensa d'abord abdiquer en faveur de son fils, mais se ravisa après avoir pris l'avis du Dr Fedorov : les chances de survie du tsarévitch étaient faibles. D'autre part, pendant la régence, le petit tsar aurait forcément été séparé de ses parents :

> Ne voulant pas nous séparer de notre fils bien-aimé, écrivit-il dans son acte d'abdication, nous léguons notre héritage à notre frère, le grand-duc Michel Alexandrovitch. [...] Nous lui demandons de gouverner en pleine union avec les représentants de la nation qui siègent aux assemblées législatives et de leur prêter un serment inviolable au nom de la patrie bien-aimée.

Michel accepta, puis renonça au bout de quelques heures en attendant qu'une assemblée constituante fixe le nouveau régime. Aux envoyés de la douma qui l'avaient engagé à abdiquer en faveur d'Alexis, Nicolas répondit : « Je pense que vous comprendrez les sentiments d'un père. » Avant de se retirer, il signa un décret nommant le prince Lvov à la tête du gouvernement. Puis il partit pour Moguilev faire ses adieux à l'armée. C'est là qu'il vit pour la dernière fois sa mère, venue de Kiev le saluer et le consoler. Après sa renonciation, il écrivit dans son *Journal* : « Tout n'est autour que trahison, lâcheté, duperie. » Un gouvernement provisoire fut constitué. Mais les bolcheviks guidés par Lénine décidèrent de le combattre.

Lénine ou le possédé

Il serait difficile de trouver dans l'histoire un homme politique ayant travaillé à la faillite de son propre pays avec autant de détermination que le leader des bolcheviks, Lénine, qui fut pourtant le critique impitoyable d'un autre pacifiste : Raspoutine. Sa logique implacable était à mille lieues des élans mystiques du Sibérien : selon Lénine, l'effondrement du tsarisme et sa défaite militaire devaient être suivis de la prise du pouvoir par les bolcheviks.

La guerre mondiale battait son plein. Pourtant, Lénine sentait que, si la révolution ne se faisait pas maintenant, elle ne se ferait jamais. Lors de l'assassinat de Raspoutine et de la chute du régime tsariste, il se trouvait à Zurich. Il fallait absolument qu'il rentre en Russie, après un exil de dix-sept ans, et qu'il trouve les moyens de ses ambitions.

Depuis un certain temps déjà, le gouvernement allemand ne ménageait aucun effort pour aider les bolcheviks russes. Encouragé à la fois par l'état-major et par les milieux sociaux-démocrates, Berlin leur avait prodigué une aide financière substantielle, à tel point que le général Ludendorff, le plus proche collaborateur du chef des armées allemandes, pourrait écrire un jour, à propos du gouvernement soviétique : « Il existe grâce à nous[1]. »

Et le général Volkogonov, historien militaire russe, de préciser :

> L'énorme développement des publications bolcheviques après la révolution de février n'est pas le fruit du hasard. En juillet 1917, le parti publiait quarante et un journaux, représentant trois cent vingt mille exemplaires quotidiens, dont vingt-sept titres en russe, et les autres en géorgien, en arménien, en lituanien, en tatar, en polonais et autres langues. Après février, le parti s'acheta une presse pour 260 000 roubles, et ses dirigeants recevaient un salaire, fût-il irrégulier. Les coffres bolcheviques n'étaient pas vides[2].

Lénine revint donc à Petrograd dans un train plombé mis à sa disposition par les Allemands. Les conditions exactes de leur accord sont connues grâce à des documents d'archives[3] faisant état d'une entrevue entre Lénine et un représentant de l'ambassade allemande, au restaurant *Scioppa*, à Berne. But de l'entretien : définir les modalités du futur voyage du leader bolchevique en Russie. Le père du bolche-

1. Selon les documents d'archives allemandes publiés dans *Novi journal*, New York, 1967.

2. Dmitri Volkogonov, *Lenin*, Moscou, Novosti, 1994.

3. Documents retrouvés dans les Archives centrales spéciales d'État de Russie provenant de la Sûreté générale française : saisis par les Allemands en 1940 et transportés à Berlin, certains dossiers du ministère de l'Intérieur (rapports de contre-espionnage) y ont été découverts par les services spéciaux soviétiques en mai 1945 et emportés à Moscou.

visme aurait donc bien négocié, en pleine guerre, avec des délégués ennemis.

Dans un rapport confidentiel adressé au ministre de l'Intérieur le 6 juin 1918, Farichon, le chef du contre-espionnage français à Genève, cite un incident rapporté, en juin 1917 (Lénine est rentré au pays depuis deux mois), par le lieutenant Timroth de la garde russe. Celui-ci a croisé, à la terrasse du Grand Hôtel, le plus bel établissement du port de Stockholm, l'ambassadeur allemand Lucius, qui aurait lâché, ivre mort, au beau milieu d'une conversation : « Il ne peut y avoir de doute, Lénine nous est très cher. Il économise notre sang qui est beaucoup plus précieux que l'or... » Dans une lettre citée dans le même rapport, Lucius aurait décrit Lénine comme un « agent de propagande de l'Allemagne[1] ».

Mais Lénine n'était pas dupe des véritables intentions de l'Allemagne. Ainsi, il mena prudemment les négociations par l'intermédiaire des socialistes suisses Robert Grimm et Fritz Platten, étant de surcroît représenté par son adjoint au politburo, Zinoviev. Et afin de ne pas être accusé d'espionnage en faveur de l'Allemagne, il évoqua la nécessité de donner le statut d'extraterritorialité au wagon qui allait être utilisé pour le voyage. Les Allemands acceptèrent le marché et dégagèrent d'importants crédits en vue de financer l'opération. Tantôt dans la clandestinité, tantôt à

1. Cité d'après Z.A.B. Zeman, W.B. Scharlau, *The Merchant of Revolution : The Life of Alexander Israel Helphand (Parvus)*, Londres, Oxford University Press, 1965.

visage découvert, le leader de la révolution préparait d'une main de fer sa prise de pouvoir, en octobre 1917.

Les fleuves de sang

Dans sa dernière lettre, Raspoutine avait prédit l'assassinat du tsar et de sa famille, ainsi que des fleuves de sang versés sur la terre russe. En attendant, la guerre contre les Allemands se poursuivait et les approvisionnements en produits alimentaires demeuraient toujours insuffisants. C'est dans ce contexte, en avril 1917, qu'un petit homme à la barbiche rousse, ignoré jusqu'alors du grand public mais bien connu des services secrets allemands, rentra à Petrograd.

Une grande partie des intellectuels russes accepta le discours messianique des bolcheviks comparant la révolution à « un ouragan gigantesque, une bourrasque de neige, un tourbillon effréné de forces irrationnelles ». Ce marxisme romantique portait à des dimensions cosmiques les événements révolutionnaires d'octobre. Le parallèle entre l'histoire et la nature devint un leitmotiv lyrique. Le poète Pasternak compara ainsi le mouvement de la foule révolutionnaire à la poussée puissante et inéluctable de la nature, comme s'il s'agissait d'une mystique fatalité :

> Hier, j'observais le meeting de nuit. Un spectacle stupéfiant. Elle s'est réveillée, notre petite mère la Rus-

sie, elle ne tient plus en place, elle va et vient sans se lasser, elle parle, parle, sans se lasser. Et ce ne sont pas les hommes seulement. Les étoiles et les arbres se sont réunis et bavardent, les fleurs de nuit philosophent et les maisons de pierre tiennent des meetings.

Finalement, au matin du 25 octobre 1917, des affiches placardées dans toute la ville annoncèrent le renversement du gouvernement provisoire et la prise du pouvoir par les soviets. Le lendemain se forma le Conseil des commissaires du peuple, présidé par Lénine. Les bolcheviks « nationalisèrent » rapidement toute l'économie, plaçant sous contrôle ouvrier les usines, pillant les coffres-forts des particuliers dans les banques avant de s'emparer sans vergogne, au printemps 1918, des récoltes des paysans.

Dès l'été 1918, la révolte se généralisa, tant dans la paysannerie que chez les ouvriers, ouvrant la voie à la guerre civile et à la terreur. En dépit de ces réactions, les bolcheviks instaurèrent le monopole du parti-État sur la production et la distribution des biens ou, selon leur formule, le « communisme de guerre », qui mena au chaos généralisé et, en particulier, à la terrible famine des années 1920-1922 – d'après Lénine, la famine pouvait être « socialement bénéfique ».

Le recours aux meurtres de masse à justification idéologique apparut vite comme un principe fondamental de son régime : « Une révolution sans pelotons d'exécution n'a aucun sens », proclamait Lénine en louant la Terreur de la Révolution française. « Cette terreur prolétarienne ne vaut qu'en étant menée de façon industrielle et systématique. » La révolution devait se faire « par ce moyen, en ce moment historique précis, ou jamais ». Un homme, Trotski, se posa ouvertement en praticien et en théoricien de la terreur, enjoignant d'accélérer la répression, exigeant des contingents d'exécution pour hâter le « nettoyage définitif ». L'assassinat du tsar et de sa famille entrait dans cette effroyable logique.

La version officielle des Soviétiques était la suivante : constatant qu'Ekaterinbourg était sur le point de tomber, le soviet régional décida de sa propre initiative d'exterminer la famille impériale, préalablement transportée dans l'Oural. Dans la nuit du 16 au 17 juillet, le peloton d'exécution, composé de Lettons et d'ex-prisonniers austro-hongrois, se présenta dans la maison qui « abritait » le tsar et les siens. Prétextant des troubles, le chef du groupe pria ces derniers de descendre à la cave pour se mettre à couvert. Là, il annonça à Nicolas II, éberlué, qu'il était condamné à mort.

Selon le compte-rendu – aujourd'hui contesté – du chef des assassins, l'empereur fut visé le premier, suivi des autres membres de sa famille : la tsarine Alexandra et trois des grandes-duchesses, Olga (vingt-deux ans), Tatiana (vingt ans), Anastasia (seize ans), puis le tsarévitch (treize ans). Quatre membres de leur entourage furent tués en même temps : le Dr Botkine, le valet Troupp, le cuisinier Kharitonov et la femme de chambre Demidova. Les corps furent ensuite emmenés dans une forêt à une vingtaine de kilomètres, arrosés d'acide sulfurique et brûlés –

après que les geôliers se furent disputé les bijoux disséminés dans les vêtements. Les restes de la famille impériale furent enfouis dans une mine au lieu-dit les Quatre-Frères. La nouvelle fut brièvement annoncée le 18 juillet à la réunion des commissaires du peuple, puis Lénine passa à l'ordre du jour.

En réalité, Lénine, Trotski et Sverdlov, un autre bolchevik en vue, discutèrent à plusieurs reprises au début de l'été 1918 de la question de l'assassinat de la famille impériale, qu'ils jugeaient « nécessaire ». Ils transmirent secrètement leur décision au soviet local. Ces faits furent d'ailleurs reconnus par Trotski, qui tenta néanmoins d'atténuer sa propre responsabilité, dans son journal[1].

Après la chute du régime soviétique, les restes de la famille impériale furent exhumés. Des analyses ADN pratiquées conjointement par des laboratoires russe, britannique et américain confirmèrent que tous, y compris la légendaire grande-duchesse Anastasia, avaient été assassinés[2].

Le coût humain du nouveau régime – prédit par Raspoutine – fut effarant. Les guerres civiles et étrangères, les famines, les maladies, et surtout les camps fondés par Lénine en 1922, coûtèrent la vie à des

1. *Dnevniki i pisma*, New York, Ermitage, 1990, p. 101.

2. Néanmoins, une polémique demeure à propos du tsarévitch. Alexis est-il vraiment mort en 1918 ? Non, répondent Vadim Petrov, Igor Lyssenko et Gueorgui Egorov, trois scientifiques russes qui ont récemment étudié la question. Le compte-rendu de l'exécution est mensonger : le chef des assassins a assuré à ses supérieurs qu'il avait parfaitement rempli sa mission, ce qui n'était pas le cas.

millions d'êtres humains. Dans ces camps, l'espérance de vie ne dépassait pas trois ans – alors que les tribunaux condamnaient couramment à dix, quinze, voire vingt-cinq années de détention.

S'appuyant sur les documents de la commission gouvernementale de réhabilitation, Alexandre Yakovlev avança le chiffre de vingt-cinq millions de victimes du régime totalitaire en Russie. Le démographe américain Rudolph J. Rummel estime quant à lui que le communisme soviétique a assassiné soixante et un millions neuf cent mille êtres humains non combattants, nationaux et étrangers, entre 1917 et 1987, et que, entre 1918 et 1953, il tuait en moyenne un million sept cent mille personnes par an. Aucun responsable n'a jamais été jugé pour ces crimes colossaux.

Ainsi, les illusions des intellectuels furent vite balayées par le retour à la sauvagerie et au sang. Le silence régnait dans les rues endormies de la capitale de l'Empire déchu ; les rares piétons passaient sans hâte, les traits tirés et les habits en loques. Les fiacres avaient disparu et très peu de tramways circulaient. Les maisons tombaient en ruine et, la nuit, les voisins emportaient portes et lames de parquet pour les brûler dans les poêles. Les derniers chevaux avaient été mangés depuis belle lurette. Les cercueils se louaient, il fallait les rapporter pour les suivants. Les canalisations avaient éclaté sous le gel, on ne se lavait plus. Les plus courageux se brûlaient la peau dans la cendre pour se nettoyer. Seuls les poux prospéraient, ainsi que les plaies. Des plaies qui ne guérissaient pas. Faute de médicaments, la moindre égratignure risquait de s'infecter. Tout le monde avait les mains bandées de chiffons sales. Sur les jambes, les veines éclataient. La tragédie de la Russie éternelle se confondait avec les décombres de la capitale.

L'HÉRITAGE

Staline ou le suppôt de Satan

Dès 1922, l'état de santé de Lénine se dégradant, s'amorça une impitoyable guerre de succession, dont Staline sortit vainqueur à la mort du leader bolchevique en janvier 1924. Mais Staline était-il véritablement, à l'inverse d'un Raspoutine, l'être rationnel qu'il prétendait incarner ? Pas si sûr… Car sous son « règne », le régime allait paradoxalement se parer d'irrationalité, de religiosité et de mysticisme, dans la « tradition » même de l'ex-éminence grise du tsar !

Les funérailles de Lénine, chef-d'œuvre de manipulation politique, furent organisées par Staline, qui prit la parole aux côtés des autres dirigeants du parti. Son discours donna le ton. D'une voix faible, il s'exprima lentement, évaluant les effets scéniques. Chaque mot, chaque geste laissait planer le doute sur la connotation de ses propos, qui revêtaient alors une signification tout à fait singulière, un sens caché, mystérieux, sinon magique !

Modestement, presque pauvrement mis, il arborait une paire de bottes de cavalerie, une chemise kaki sans aucune décoration, une vieille capote de soldat sur les épaules et une casquette fripée qu'il retira pour la circonstance. S'improvisant grand prêtre de la cérémonie, il psalmodia d'une voix monocorde un texte étrangement proche de la litanie et de l'incantation, s'adressant dès lors au « code mental » du pays. Après avoir invité son auditoire à « construire le royaume du travail sur terre et non au ciel », il prononça un serment à Lénine, se posant en exécuteur testamentaire du « dieu disparu », se faisant le nouveau « dieu vivant ». Ainsi se plaça-t-il lui-même au centre de l'iconostase politique.

Le bolchevisme empruntait là à l'irrationnel, s'inscrivant ainsi dans la « lignée » de Raspoutine ! Mais cette approche n'était pas nouvelle. Au XIXe siècle déjà, avec la ségrégation temporaire de la jeunesse, le brassage des milieux sociaux, l'accumulation désordonnée des savoirs les plus divers, les universités avaient favorisé l'éclosion d'une sous-culture bolchevique souvent teintée de libertinage et de débauche, mais aussi de rêveries religieuses avec leur cérémonial, leurs rites, leurs grands prêtres, leurs porte-glaive et surtout leurs idoles – Lénine avait été la première d'entre elles.

Ainsi, après la mort de Lénine, Staline voulut-il faire de lui le dieu dont les paroles seraient le nouveau Verbe. Partout, dans les églises, les édifices publics, les maisons particulières, on décrocha les icônes pour les remplacer par des portraits du « guide ». Derrière un matérialisme de façade, la dictature bolchevique se trouva donc intimement liée à la pratique religieuse. Même si Staline quitta sans aucun diplôme le séminaire dans lequel il avait séjourné quatre ans, les études qu'il y fit marquèrent durablement sa mentalité. Il accordait beaucoup d'importance aux symboles et voyait le monde en noir et blanc, réduisant toute sa complexité à des formules simplifiées. Son désir de « visualiser l'avenir » – une formule souvent utilisée par Raspoutine – et d'introduire ces images dans des millions de cerveaux, grâce à la propagande, rappelait les pratiques magiques ancestrales.

Ce fut le point de départ d'un nouveau culte. Plusieurs intellectuels de renom avaient été convoqués par Staline pour l'aider à mettre au point le système de symboles de cette « religion » païenne. L'organisation rituelle des visites-pèlerinages jusqu'au mausolée de Lénine sur la place Rouge acheva de constituer un cérémonial s'apparentant au culte des reliques. Si le tsar n'était qu'un messager de la toute-puissance divine, le leader soviétique devenait l'émanation directe de la vérité absolue. Il n'était pas un ministre, il était le Messie en personne, détournant inconsciemment les conduites religieuses traditionnelles de l'Église, avec sa hiérarchie, son unanimité, ses procès d'inquisition. L'affrontement politique se transforma en un combat du « Bien contre le Mal », de la « lumière contre les ténèbres » – un langage qui rappelle étrangement le discours messianique de Raspoutine. La chasse aux sorcières commença : comme le diable, l'ennemi était partout.

Bientôt, le fantôme de Raspoutine allait rôder sur la Russie des Soviets. Staline s'intéressait aux phénomènes hypnotiques – le système totalitaire contenait lui-même déjà toutes les composantes de l'hypnose collective, envoûtant et plongeant la population dans une sorte de sommeil anesthésique. Mais le leader avait son propre voyant et hypnotiseur personnel, un certain Wolf Messing[1] ! Ce dernier avait demandé un jour aux autorités soviétiques l'autorisation de réaliser des expériences d'hypnose collective. L'information était remontée jusqu'aux services secrets qui en firent part à Staline, lequel, désireux de l'engager pour son usage personnel, souhaita mettre ses capacités à l'épreuve.

Pour la première épreuve, Messing devait se procurer par lui-même une importante somme d'argent dans une banque de Moscou. Étroitement surveillé par les agents de Staline qui pilotaient l'opération, l'hypnotiseur remit au caissier un morceau de papier blanc. Sans sourciller, le caissier déposa dans la serviette grande ouverte de l'hypnotiseur une grosse somme d'argent. Lorsque, quelques instants plus tard, Messing se retourna vers lui et lui demanda pourquoi il lui avait versé une telle somme, le pauvre homme s'effondra, victime d'un infarctus. Pour la seconde épreuve, Messing parvint à se présenter à l'heure dite au Kremlin sans laissez-passer ; il avait réussi à franchir sans encombre tous les barrages ! Les gardes affirmèrent n'avoir vu personne. Staline fut définitivement convaincu.

1. Wolf Messing le confirma lors d'un entretien avec l'auteur.

La raspoutinerie

Il arrive également que des gourous quittent la cour des Miracles pour exercer leur influence au plus haut sommet de l'État… comme Raspoutine avant eux[1]. Ainsi, sous le règne d'Eltsine, entre 1991 et 1999, le Kremlin plongea dans un climat bien particulier. Les soucis de santé du « tsar Boris », atteint de dépression, l'avaient déjà contraint – l'alcool et les antidépresseurs ne suffisant pas – à s'entourer d'une coterie de guérisseurs[2] aux pouvoirs grandissants. Mais, en 1996-1997, un « conseiller » plus occulte que les autres s'imposa.

Son nom, Gueorgui Rogozine, n'évoque presque rien pour les Occidentaux et pas beaucoup plus pour les Russes. Pourtant, derrière une allégeance sans faille masquant un orgueil démesuré, ce général des

1. Cependant, les intimes du tsar ont souvent joué, bien au-delà du cas Raspoutine, un rôle politique important en Russie : Pierre le Grand s'était reposé sur son conseiller Menchikov ; l'impératrice Anne, sur Biron ; l'impératrice Catherine II, sur ses amants successifs. Alexandre Ier avait eu Mme de Krüdener ; Alexandre II, son ministre d'origine arménienne, Mélikov.

2. Notamment la célèbre Djouna, qui exerça déjà ses talents sous le règne de Brejnev, à la fin des années 1970.

services secrets devint le marionnettiste en chef du Kremlin. Ce personnage paraphait les horoscopes régulièrement envoyés à Eltsine et aux plus hauts dignitaires du pays, « communiquait » avec le cosmos à propos des questions budgétaires et financières, ou encore faisait tourner les tables et les assiettes dans son bureau. Il « corrigeait » également les karmas des principaux dirigeants et créait autour du président un « pôle énergétique favorable ».

Que faut-il conclure de telles pratiques ? Un charlatan, par des moyens douteux, avait-il fait main basse sur le pouvoir ? Ou s'agissait-il de procédés moyenâgeux remis au goût du jour par un spécialiste de la manipulation ? La vérité, complexe, se nourrit des deux explications. Ce général n'était ni un spirite ni le « correspondant » d'hypothétiques extraterrestres. Il était un professionnel chevronné du renseignement. Les sciences du paranormal lui avaient été utiles dans ses activités : pouvoir lire dans les pensées à distance, influencer le comportement… La vraie question est de savoir à quoi il destinait ses « dons » et si leur objectif restait le renseignement.

Un autre personnage pittoresque fut surnommé « le Raspoutine du Kremlin ». Issu du KGB, Korjakov fut le garde du corps d'Eltsine dès 1985. On peut le voir aux côtés du président russe sur toutes les photographies prises pendant la crise d'août 1991. Sa promotion, ensuite, fut rapide : général major dans le nouveau service fédéral de contre-espionnage (FSB) qui remplaçait partiellement le KGB ; chef d'un véritable cabinet occulte contrôlant toutes les activités du chef de l'État ; et enfin, directeur de l'administration présidentielle, le corps central de l'État, qui succéda vers le milieu des années 1990 à l'ancienne administration du comité central du PCUS, elle-même héritière des chancelleries de l'époque impériale.

En 1995, un rapport de la CIA estima que « Korjakov [était] en mesure d'influencer Eltsine sur des affaires d'État dépassant largement son degré de compétence et d'expérience ». L'ex-garde du corps se serait appuyé sur une coterie qualifiée à Moscou de *raspoutinchtchina* (raspoutinerie), par allusion au « moine-hypnotiseur » de la cour de Nicolas II. Ce groupe aurait eu la main sur les quelque vingt mille fonctionnaires de l'administration présidentielle, ainsi que sur la garde du chef de l'État, troupe d'élite affectée à la protection du Kremlin.

La raspoutinerie avait-elle un projet politique ? Korjakov ne cachait pas, en privé, son admiration pour Iouri Andropov, le dernier homme fort du régime soviétique. Comme beaucoup d'anciens militaires ou espions, il évoquait volontiers une « solution Pinochet » : dix ou vingt ans d'« ordre public » pendant lesquels les Russes pourraient se consacrer exclusivement au développement économique. Certains membres de la coterie avaient suggéré à Eltsine d'utiliser un éventuel succès en politique étrangère ou contre des régions rebelles telles que la Tchétchénie pour gagner les élections législatives de 1995 ou les présidentielles de 1996. Une commission avait même été chargée, au sein de l'administration présidentielle, de réfléchir à une restauration de la monarchie « à l'espagnole ». Le nouveau tsar, descendant des Romanov, régnerait, mais ne gouvernerait pas : la direction des affaires publiques appartiendrait à un régent…

Si Korjakov s'est inscrit dans la « lignée » des « éminences grises à la Raspoutine », c'est en partie parce qu'il a assuré l'interface entre les multiples réseaux de pouvoir qui se sont constitués autour d'Eltsine, mais aussi parce qu'il a su accompagner le chef de l'État dans ses deux passions : le *bania* (bain russe) et l'alcool. Korjakov fut à la fois le « surveillant » d'Eltsine, le mettant en garde contre certains compagnons de bain et l'empêchant de trop boire, et son « complice », sachant rabattre des invités ou verser un verre supplémentaire quand la pression devenait trop forte.

Korjakov a-t-il vraiment été le « vice-tsar » occulte que l'on a évoqué ? En juin 1996, il fut congédié du jour au lendemain comme un valet – il chercha d'ailleurs à se venger comme un valet, en publiant un livre sur la maladie et la déchéance physique du président. Le système de gouvernement dont il passait pour l'élément essentiel resta en place. Une partie de ceux que l'on présentait comme ses fidèles resta au sommet de l'État. L'administration présidentielle ne fit que se renforcer.

Le secret de Poutine

Les bizarreries de fonctionnement du pouvoir russe ont-elles changé depuis l'arrivée de Vladimir Poutine en 1999 ? Certes, ce dernier n'apparaît pas affublé d'un pittoresque conseiller caractéristique d'une fin de règne, mais la raspoutinerie n'a-t-elle tout de même pas rattrapé le gouvernement dans un ultime soubresaut ?

La force de Poutine tient à l'utilisation efficace des méthodes apprises durant sa carrière d'espion. Mettant à son profit le potentiel de l'ex-KGB, il s'est d'ailleurs montré reconnaissant envers ses collègues, qui forment désormais une sorte de « raspoutinerie collective ». Au cours de ses présidences, le premier cercle du pouvoir a ainsi été composé des représentants de trois factions : les dirigeants des grosses entreprises privées ; les économistes libéraux incarnant Saint-Pétersbourg ; ses ex-homologues appartenant au milieu de la sécurité d'État, membres de l'ex-KGB.

Ces derniers, nettement plus nombreux, mettent en avant la discipline patriotique, davantage d'unanimisme de la part des représentants officiels de l'État et de prudence par rapport aux médias. Ce courant volontiers autoritaire, qui traverse, tel un fil rouge, toute l'histoire russe depuis trois siècles, prétend défendre les traditions nationales en refusant d'imiter l'Occident. Il regroupe à la fois une partie du clergé orthodoxe, des nationalistes russes et des nostalgiques de la main forte. Si d'aucuns manifestent une inquiétude face à la multiplication des cas de corruption parmi ses hommes de confiance issus des services secrets, Poutine répond avec un sourire ironique : « N'ayez aucune crainte, ils aiment d'abord l'argent, pas le pouvoir. »

Selon Poutine, la nouvelle identité nationale russe, diluée dans l'identité soviétique et qui semble puiser sa source principale dans son allégeance à l'État, est celle d'un peuple bâtisseur d'empire. L'essence de cette idée trouve ses racines au milieu du XIXe siècle, dans une forme d'organisation étatique caractérisée par un pouvoir central puissant, un mécanisme efficace de succession et la présence d'un dirigeant fort : tout cela marque l'influence de l'orthodoxie devenue *de facto* l'idéologie étatique de la Russie postsoviétique.

Pourquoi Poutine est-il si populaire dans son pays ? Parce qu'il s'adresse à cet inconscient collectif issu de la Russie impériale, marqué par l'image du « château assiégé ». Ses proches l'expriment d'ailleurs ouvertement : « Puisque nous ne serons jamais aimés, nous devons recommencer à faire peur. Nos dix mille têtes nucléaires n'existant plus, nos seuls amis et alliés aujourd'hui sont nos armes principales : le gaz et le pétrole. »

Le clan de Poutine – cette « raspoutinerie collective » – a donc mis la main sur les « joyaux » de l'Empire. Dans la plus grande opacité, il dirige à la fois le pétrole et le gaz, l'industrie de l'armement et la télévision, la Banque centrale, le Parlement, l'armée et les services secrets, la police et les régions, etc. La fameuse verticale du pouvoir, rétablie par le président russe, est basée sur cette alliance occulte : tous ceux qui s'y opposent sont susceptibles d'être mis au ban, au nom de l'intérêt supérieur de la nation.

Poutine veut ainsi incarner la fin du « Temps des troubles » moderne – c'est ainsi qu'il qualifie la période de la fin des années 1980-1990, autrement dit les années Gorbatchev-Eltsine. Historiquement, le « Temps des troubles » désigne une période précise du XVIe siècle au cours de laquelle des étrangers, notamment des Polonais, cherchèrent à s'emparer de la couronne des tsars après la mort d'Ivan le Terrible. Toujours fidèle aux grands desseins du Kremlin, l'institution ecclésiale restait alors la seule force organisée. Avec le patriarche Hermogène à sa tête, elle prit la direction du mouvement national qui aboutit, en 1613, à l'élection de Michel Romanov, issu d'une lignée assez effacée, mais promue par le mariage d'Ivan le Terrible avec Anastasia Romanova en 1547.

De cette crise de décomposition, le sentiment national, centré sur le Kremlin, sortit renforcé, avec la pleine conscience de la nécessité d'un tsar autocrate, d'un État centralisé et d'une Église puissante. Aujourd'hui, Poutine semble tenté d'interpréter un rôle plus ambitieux en se prenant pour la « réincarnation » du premier tsar de la dynastie Romanov, élu par la Providence pour sauver la Russie.

Épilogue

À Ekaterinbourg, rebaptisée Sverdlovsk sous le régime soviétique, la maison Ipatiev où fut assassinée la famille impériale était devenue un lieu de pèlerinage encore fréquenté dans les années 1970. Les hiérarques moscovites s'en émurent et, en 1977, donnèrent l'ordre de la détruire.

Eltsine (alors chef du parti communiste local) était allé consulter, aux archives régionales, les documents de 1918. À l'époque, il était l'un des rares initiés au mystère de la mort du tsar et des siens. La lecture de ces papiers, confia-t-il, était pénible. Dans ses *Mémoires*, il n'en dit pas plus sur le sujet, mais évoque la « résolution concrète » du comité central :

> Le comité régional du parti devait assumer la responsabilité de cette décision insensée. C'est ainsi que de nuit nous fîmes venir du matériel devant la maison Ipatiev. Au matin, la place était nette. Par la suite, ordre fut donné de goudronner.

Bien plus tard, Eltsine devint le chef du Kremlin de la Russie postsoviétique. Sous sa houlette, le tsar, la tsarine et leurs enfants, « martyrs du communisme », furent canonisés par l'Église orthodoxe le

19 août de l'an 2000, en la fête de la Transfiguration. Auparavant, le 17 juillet 1998, lors des obsèques de la famille impériale russe à Saint-Pétersbourg, le président Eltsine avait déclaré :

> Nous sommes longtemps restés silencieux sur ce crime monstrueux ; coupables sont ceux qui ont perpétré ce meurtre haineux et ceux qui l'ont justifié durant des décennies, nous tous. Nous devons dire la vérité : le massacre du tsar est devenu l'une des pages les plus honteuses de notre histoire. En enterrant ces victimes innocentes, nous voulons expier les péchés de nos ancêtres. Nous devons terminer ce siècle, qui est devenu le siècle du sang et du non-droit pour la Russie, par la repentance et la réconciliation.

Les restes de Raspoutine ont connu un autre destin. En mars 1917, sur ordre du gouvernement révolutionnaire, ils furent exhumés et brûlés. La légende raconte que seul le cercueil se consuma : le corps du Sibérien serait resté intact sous les flammes… Mais c'est surtout le « mythe Raspoutine » qui demeure intact : du « monde invisible », l'esprit du starets continue, semble-t-il, de hanter le pouvoir et la société russes, avides de mysticisme et de miracles.

Annexes

La clé religieuse : les vieux-croyants

Plusieurs clés s'offrent à nous pour déchiffrer le destin de Raspoutine, et tout d'abord la « clé religieuse ». Le Sibérien revenait souvent sur un moment très précis de la christianisation de la Russie, en 988. En ce temps-là, Vladimir, le plus grand prince de la Russie éternelle, avait fait venir auprès de lui des représentants des principaux cultes, afin de choisir sa religion. Connu pour son épicurisme, il avait été tenté par le paradis de Mahomet, mais rebuté par l'interdiction de s'enivrer, qui ne s'accordait pas avec la tradition russe ! Intéressé par le judaïsme, il refusa la circoncision. Quant aux catholiques, leur soumission à Rome l'irritait au plus haut point. En revanche, la religion orthodoxe que lui présenta un moine gréco-bulgare le séduisit pour la « beauté de ses rites ». Ses messagers envoyés à Constantinople lui décrivirent ainsi leur éblouissement : « Nous ne savions pas si nous nous trouvions au paradis ou sur terre. Car sur terre, nous n'avions jamais rencontré une telle splendeur ! »

De plus, l'orthodoxie était une foi tolérante qui n'interdisait ni de boire, ni de manger, ni d'aimer, ni de guerroyer, ni de conquérir de nouvelles terres.

Cette religion convenait donc bien à son peuple. Rusé, Vladimir envahit les possessions byzantines en Crimée, d'où il dicta ses conditions : puisqu'il avait épousé la princesse Anne, sœur des empereurs de Byzance, Basile et Constantin, plus question de vassalité en échange de sa conversion ! Le baptême de la Russie orthodoxe fut donc célébré cette année-là et Vladimir, surnommé « le Beau Soleil », fut baptisé avec ses proches.

Comme partout ailleurs, les églises chrétiennes furent souvent construites à l'emplacement des anciens lieux sacrés, mais les dieux d'autrefois n'en continuèrent pas moins d'exister[1]. Ainsi la vénération et la déification païennes de la nature demeurèrent-elles dans l'âme populaire. Des régions entières vécurent mille ans dans la cohabitation du paganisme et du christianisme. Les anciens sorciers côtoyaient les saints : les thaumaturges guérissaient, les sorciers jetaient des sorts ou les conjuraient.

Des siècles plus tard, en 1652, Nikon, le patriarche de Moscou, voulut contraindre l'État à se réformer en accordant une place considérable aux ecclésiastiques et à la religion dans la société russe. Il demandait aussi que soient changés certains détails de la liturgie et du livre de prières. Nikon incarna la figure

---

1. Le dieu Volos, par exemple, dont la puissance indomptable, selon la tradition, se manifestait tour à tour dans la fécondité et la destruction du monde, se transforma en « saint Vlassi le Thaumaturge, serviteur de Dieu ». Peroun, le dieu de la foudre, fut remplacé par le prophète Élie déclenchant la tempête.

la plus étonnante du pays au XVIIe siècle. Fils de paysan, il fut moine, pope marié, puis moine de nouveau. Reçu en audience – comme plus tard Raspoutine – par un tsar, Alexis (1645-1676), il lui fit forte impression. Aussi le monarque le retint-il au Kremlin en le faisant métropolite de Novgorod, puis en le nommant patriarche de toutes les Russies.

Le patriarche était une vraie force de la nature, il mesurait deux mètres et sa voix était puissante comme le tonnerre. Doux et hésitant, le tsar Alexis devint rapidement l'ombre du chef de l'Église. Persuadé d'avoir gagné la guerre contre la Pologne grâce aux prières de Nikon, il lui accorda de convoquer le concile, afin de « réparer les erreurs liturgiques ». Pour le patriarche, les modifications apportées aux livres sacrés étaient un moyen de mettre fin aux désaccords avec l'Église grecque, nés des inexactitudes contenues dans les textes russes.

Alexis ne se considérait pas seulement comme le tsar de toutes les Russies, il se tenait pour le souverain de l'Orient orthodoxe tout entier. Si les adversaires de Nikon ne contestaient pas le caractère universel du tsar russe, ils réfutaient en revanche la nécessité d'aller chercher auprès des Grecs les sources de la véritable orthodoxie. Ces querelles allaient prendre une tournure fanatique et sanglante. Sans doute le tsar regretta-t-il alors d'avoir donné tant de pouvoir au patriarche, qui prônait désormais la supériorité de l'autorité spirituelle sur l'autorité temporelle. Il y vit une menace contre son propre trône. Cette affaire de correction des Écritures le dépassait.

Nikon piquait de mémorables colères. Il retrouvait son calme en compagnie de la jeune tsarine, qui venait souvent parler avec son confesseur de divers sujets religieux. Si le tsar se réjouissait de voir sa femme tenter de « sauver son âme de pécheresse » avec ce « saint homme », son entourage regardait ces fréquents rendez-vous d'un autre œil. Les ennemis du patriarche ne se gênaient pas pour souligner le tempérament volcanique de Nikon. Aussi les relations du mari et du confesseur devinrent-elles extrêmement tendues. Lassé de cet « ami » trop influent, le tsar changea d'attitude à son égard et, au mois de juillet 1658, Nikon dut renoncer au patriarcat. Popes et dignitaires s'empoignèrent au sujet de sa succession, ainsi que de la forme et de l'accomplissement des rites.

L'Église orthodoxe se déchira durablement. À partir de 1660, des dissidents s'étripèrent ou s'immolèrent par le feu, à la suite de querelles sur la façon de chanter à l'église ou de faire le signe de croix ! Ils s'insurgeaient parce que le patriarche Nikon voulait, par exemple, que les fidèles se signent avec trois doigts au lieu de deux. L'une des plus riches femmes de la Russie fut soumise à divers supplices pour avoir refusé de faire le signe de croix avec les trois doigts comme le voulaient les réformateurs… Un autre sujet de discorde en dit long : ceux qui s'opposaient à tout changement dans les rites protestaient aussi contre la vie de débauche du clergé. Mais, en même temps, ils se révoltaient parce que le patriarche réformateur avait décidé d'interdire la vente et la consommation de vodka le dimanche et les jours de fête !

Un jeune pope prit la tête de la révolte des traditionalistes. Avvakoum, obsédé par le péché, préconisait une religion tellement rigide qu'à trois reprises il fut brutalement chassé par des paroissiens qui n'en pouvaient plus de ses exigences leur rendant la vie infernale. Il écrivit dans ses mémoires : « Homme, puanteur que tu es… excrément que tu es… je devrais vivre parmi les porcs et les chiens, mon âme pue autant qu'eux, je pue mes péchés, tel un chien crevé. » Parvenu à intéresser le tsar Alexis par ses élucubrations, il faillit entraîner derrière lui l'ensemble de l'Église orthodoxe en s'installant dans un lieu de culte proche du Kremlin. Il en fut finalement expulsé par des fidèles excédés. Exilé en Sibérie pendant quelques années, Avvakoum finit par revenir au grand jour, plus ou moins protégé par le tsar, adulé par une partie grandissante de la population, qui voyait finalement en lui un véritable prophète sachant résister à « ceux qui voulaient changer la vraie foi ». Ainsi se forma le schisme.

Aux querelles sur les rites s'ajoutait le refus des influences occidentales, les traditionalistes proclamant que tout ce qui n'était pas authentiquement russe menait directement à l'enfer. Ces partisans de la vieille foi préféraient se faire jeter en prison, s'exiler et même se faire tuer plutôt que de sacrifier aux nouveaux rites. Par centaines, puis par milliers, les vieux-croyants choisirent le martyre, le meurtre et le suicide. Plus la répression était féroce, plus ils s'exaltaient. De ses geôles ou de ses exils successifs, Avvakoum les encourageait et organisait la résistance. Par villages entiers, marchant sur des milliers de kilomètres, ils s'installèrent dans les régions les plus reculées de l'Oural ou de la Sibérie, tournant systématiquement le dos à tout ce qui pouvait ressembler aux influences venues d'ailleurs.

Des dizaines de milliers de Russes coupèrent toute relation avec le monde et, deux ou trois siècles plus tard, au fin fond des zones les plus inhospitalières de la Sibérie ou du Grand Nord russe, on retrouva des villages de partisans de la « vieille foi » vivant depuis plus de deux cents ans en complète autarcie, parfaitement ignorants de l'évolution du monde. Certains, plus tard, migrèrent même jusqu'en Alaska ou au Canada, où leurs particularismes ont survécu. En 1682, le jour du Vendredi saint, sur décision du concile de l'Église officielle, le promoteur des vieux-croyants fut excommunié et brûlé sur un bûcher à Poustozersk, dans le nord de la Russie. Dans les flammes, près de trente ans après que le concile orthodoxe eut solennellement condamné le signe de croix à deux doigts, il adjurait les Russes de le conserver…

Au cours des années qui suivirent, et pratiquement jusqu'à la fin du siècle, les plus fervents de ses adeptes s'immolèrent régulièrement par le feu pour avoir la joie de mourir comme leur martyr. Au moins une vingtaine de milliers de ces vieux-croyants se suicidèrent ainsi. Dans l'un de ces bûchers collectifs, deux mille cinq cents hommes, femmes et enfants périrent volontairement en même temps.

Ce schisme et la violence avec laquelle on poursuivit ses partisans[1] engendrèrent une rancœur qui per-

1. Particulièrement au début du XVIIIe siècle, sous le règne de Pierre le Grand qui les pourchassa et les contraignit à raser leur barbe.

sista au fil des siècles. Ils affaiblirent l'autorité de l'Église orthodoxe et contribuèrent à l'éclosion de nombreuses sectes, surtout en Sibérie dont les étendues vierges et inhospitalières avaient toujours servi de refuge aux marginaux de toutes sortes.

Les Sibériens considéraient que seuls Dieu et le tsar, leur « petit père », les dominaient. Si leur foi était profonde, ils la mettaient en pratique de façon peu conventionnelle et laissaient se développer la pratique des vieux-croyants avec leurs rites ancestraux. Les contes populaires, la vodka, les chants et les danses faisaient partie intégrante de la vie des Sibériens, robustes et proches de la nature. Ainsi, aux yeux de la loi, nul n'était responsable de ses actes s'il pouvait prouver qu'il était ivre au moment du délit ! Ils menaient une vie rude, cependant marquée par le sens de l'hospitalité. Beaucoup accomplissaient des pèlerinages dans les lieux saints, abandonnant leur foyer pour aller à pied vénérer les reliques ou les icônes miraculeuses. Les nobles se déplaçaient le plus souvent en attelage et les paysans, à pied avec un baluchon.

Aucun étranger, qu'il s'agisse d'un « saint homme errant » ou d'un criminel en fuite, ne se voyait refuser de la nourriture et, souvent même, un abri. L'hospitalité était considérée comme un devoir sacré. Ainsi, les familles se retrouvaient rarement seules à table : elles accueillaient presque toujours un visiteur. La coutume voulait même que l'on dépose du pain et du lait sur le seuil de la porte, la nuit, au cas où un étranger de passage aurait faim. Une nécessité pour survivre dans ces rudes contrées.

Les Sibériens ont toujours nourri une passion pour les voyages, en particulier ceux qui appartenaient aux classes les moins aisées et qui n'avaient pas d'attaches. Parvenus à l'âge mûr, certains paysans distribuaient leurs biens à leurs enfants puis, armés d'un bâton, s'en allaient en quête d'une expérience spirituelle dans le silence des forêts et la beauté des steppes. Les récits et les prophéties de ces vagabonds étaient écoutés religieusement. D'autres, jeunes encore, partaient sans avertir personne pour explorer quelque temps l'inconnu. Selon une légende, le tsar Alexandre Ier lui-même serait devenu ermite dans la taïga en 1825.

La clé historique : le tsar mystique

La « clé religieuse » ne suffit pas à éclairer le destin de Raspoutine, également profondément marqué par l'histoire de la Russie. Soumis à deux cent cinquante ans de domination mongole, épuisés par trois cents ans de guerre continue contre les Tartares, puis par le régime impérial et enfin par le communisme, les Russes éprouvent une sorte de hantise viscérale de l'autoritarisme. Longtemps, ils se sont perdus dans l'illusion que seule la manière forte pouvait maintenir uni un État si étendu, que seul un pouvoir absolu permettait de défendre leurs frontières, immenses et dépourvues de défenses naturelles. Aussi se sont-ils soumis à la domination souvent brutale des tsars ou des commissaires rouges et se sont-ils tournés vers la religion, voire le mysticisme, pour supporter les difficultés. Mais les doctrines religieuses et le spiritisme n'attiraient pas seulement les simples mortels. Certains tsars furent eux-mêmes épris de mysticité.

Cette quête mystique au sommet de l'État fut portée au pinacle par l'empereur Alexandre Ier, qui régna entre 1801 et 1825. Son père, Paul Ier, fils de Catherine II, régna entre 1796 et 1801. Il était considéré comme un « demi-fou » vendu à la Prusse et à l'ordre de Malte dont il avait été grand maître. Une conjuration au sein même de la famille impériale et de la garde décida de l'éliminer. Ainsi, un soir de mars 1801, une dizaine de jeunes officiers firent irruption dans ses appartements et le tuèrent. De l'avis du grand-duc Nicolas, un des historiens de la famille impériale : « L'héritier du trône connaissait pertinemment tous les détails du complot, mais n'a rien tenté pour le faire échouer. » Cependant, Alexandre ne participa pas personnellement à cette révolution de palais. N'ayant pas suivi les conjurés dans la chambre, il se contenta… de les attendre[1] !

L'extrême versatilité d'Alexandre Ier lui valut une renommée d'homme politique sournois, ambigu, influençable. Napoléon dira à son propos : « Alexandre est intelligent, plaisant, cultivé, mais on ne peut lui faire confiance ; il n'est pas sincère : c'est un Byzantin simulateur, rusé. » Le complot qui lui offrit la couronne impériale pesa incontestablement lourd sur la conscience du nouveau tsar. Petit-fils de la Grande Catherine, Alexandre fut élevé par ses soins dans un bain culturel français, entouré d'émigrés qui avaient fui la Révolution. Son précepteur, le philosophe La Harpe, d'origine suisse romande, l'éduqua dans l'esprit des Lumières.

La politique d'Alexandre Ier allait connaître des changements vertigineux au cours desquels ses ennemis se transformeraient en alliés, ses alliés en enne-

1. Selon le témoignage d'Alexandre de Langeron, émigré français servant dans l'armée russe.

mis. Le tsar se plaignait d'être entouré de courtisans frivoles. Dans un accès de mélancolie, il écrivit :

> Je ne me sens pas du tout fait pour la place que j'occupe en ce moment, et encore moins pour la place qui m'est destinée... Un jour, j'irai m'établir sur les bords du Rhin, où je vivrai tranquille en simple particulier, faisant consister mon bonheur dans la société de mes amis et l'étude de la nature.

En 1812, on l'entendit déclarer, au lendemain de sa victoire sur Napoléon : « Non, le trône n'est pas ma vocation, et si je pouvais changer honorablement de condition, je le ferais volontiers. » Il songea même à s'établir comme simple indigène, avec un seul aide de camp, sur les bords de la mer Noire... À partir de là, il devint un vrai mystique.

Après avoir consulté en France le célèbre prédicateur de l'époque, Lenormant, il rencontra à Heidelberg, en 1815, Mme de Krüdener, baronne d'origine balte. Cette séduisante voyante lui ouvrit des horizons jusque-là fermés. Après les Cent-Jours, elle partit pour Paris, répandant en chemin ses consolations et ses secours sur les victimes de la récente invasion. Le tsar reprit avec elle les entretiens mystiques commencés en Allemagne. Bientôt, elle attira dans ses assemblées religieuses des personnes des cercles les plus divers[1]. Elle apparut comme une reine pénitente à la cérémonie triomphale et religieuse qui réunit

1. Chateaubriand, Benjamin Constant, Grégoire, Mme de Duras et Mme Récamier.

l'armée russe au camp de Vertus, et la Sainte-Alliance fut bientôt conclue selon ses vœux. Elle devint ainsi une sorte d'éminence grise illuminée auprès du tsar, préfigurant à sa façon l'arrivée de Raspoutine… La coalition des monarques européens vainqueurs de Napoléon ne lui semblait pas incompatible avec une union mystique entre la Russie et la France relevée de ses ruines.

Son influence ne dura guère. Elle reparut six ans plus tard en Russie, mais le charme était rompu. Toujours convaincue de sa mission « religieuse », la baronne voulut à tout prix revoir l'empereur. Elle s'installa dans une grande maison de maître, à la périphérie de la capitale, loin des fastes des palais impériaux. Mais elle ne parvint pas à rétablir l'atmosphère d'autrefois. Alexandre, diminué physiquement, se trouvait alors sous l'emprise d'un général brutal, qui ne laissa pas la baronne l'approcher. Suprême humiliation, elle se vit même exilée par le tsar, en 1822, en raison de son activisme jugé exagéré en faveur de la révolte en Grèce.

La fin de sa vie fut à son image : pittoresque. Une de ses amies, l'extravagante princesse Galitzine, mit à sa disposition la moitié de sa fortune – elle offrit l'autre moitié à son époux contre l'assurance qu'il n'entrerait plus jamais dans son lit ! La baronne utilisa cet argent pour créer en Crimée, avec sa protectrice, une étrange communauté mi-chrétienne, mi-ésotérique. La princesse Galitzine, habillée en homme, et la baronne de Krüdener, coiffée d'une perruque blonde, y formaient un couple bizarre qu'une troisième femme, plus énigmatique, vint rejoindre un beau jour : c'était une vieille Française connue depuis longtemps à Saint-Pétersbourg sous le nom de comtesse Hachette, mais qui n'était autre que Jeanne de La Motte, l'héroïne de l'affaire du Collier.

À la même époque, au cours d'un voyage à travers la Russie, Alexandre confia à son aide de camp, avec une fermeté inhabituelle et en français : « Quand un homme a l'honneur d'être à la tête d'une nation comme la nôtre, il doit, au moment du danger, être le premier à l'affronter. Mais il ne doit rester à sa place qu'aussi longtemps que ses forces le lui permettent. Passé ce temps, il faut qu'il se retire. Quant à moi, poursuivit-il, je me porte bien à présent, mais dans dix ou quinze ans, alors... »

Plus que jamais rongé par son passé, Alexandre s'interrogeait sur un avenir qui lui paraissait incertain. À ses proches, il ne cessait de parler de son désir d'abandonner toutes ses charges et de se retirer à l'écart du monde. La vie spirituelle lui semblait le meilleur moyen d'échapper à ses tourments...

La clé sectaire : les flagellants

Un autre sésame permet de décrypter le destin de Raspoutine : la « clé sectaire ». Les représentants de deux sectes religieuses, les flagellants (*khlysty*) et les castrateurs (*skoptsi*), firent sentir leur influence jusqu'au sommet de l'Empire.

À partir de 1613, et durant les trois siècles de la dynastie Romanov, les sectes devinrent un élément essentiel du paysage russe. La secte des *khlysty* fut fondée en 1631. Cette hérésie existait sans doute dès le XVe siècle, mais elle connut son véritable essor au début du XVIIe siècle, quand la doctrine fut prêchée par un paysan aux dons oratoires exceptionnels, qui prétendait être le « dieu vivant descendu du ciel, auréolé de gloire, dans un char de feu, pour défendre le peuple, misérable et opprimé ». Selon cette croyance, lorsqu'un « Christ » mourait – ou plutôt « retournait au ciel » –, un autre prenait sa place. Si bien qu'un grand nombre de « Messies » peuplaient l'amère terre russe.

Chaque communauté (chaque « navire », dans la terminologie propre à la secte) avait son « Christ » et sa « Mère de Dieu ». Au début, les gens appelèrent *khrysty* (« Christs ») les membres de la secte. Mais la pratique de l'autoflagellation, héritée du paganisme – et qui n'était par ailleurs pas sans rappeler la flagellation du Christ –, donna à la secte son nouveau nom : *khlysty* (flagellants). Pour leur part, les membres de la secte se désignaient comme étant les « hommes de Dieu » ou, plus tard, « ceux qui croient au Christ ».

Le fondateur de cette secte fit paraître un recueil de textes inspirés, dit *Le Livre de la Colombe*, prêchant l'ascétisme le plus extrême. Les hommes ne devaient pas se marier ou, s'ils l'étaient déjà, étaient appelés à abandonner leur femme et leurs enfants, « nés du péché ». Les adeptes pouvaient prendre une « épouse spirituelle », mais il leur était interdit d'avoir des relations physiques avec elle. Jurer et consommer de l'alcool était également défendu, cependant que la recherche du martyre était exaltée. Leur doctrine reposait sur une conception dualiste du Bien – principe de l'esprit – et du Mal – principe du corps –, que l'on retrouve au cœur de l'« âme russe » (et au centre de l'œuvre de Dostoïevski). Les besoins du corps devaient être étouffés, afin d'atteindre la perfection morale.

Paradoxalement, cette domination des sens passait par une débauche sans bornes. Si l'abstinence et la chasteté étaient strictement observées dans la vie familiale, elles laissaient place, lors de la *radenie* (réjouissance), à une pratique débridée de la fornication collective entre membres de la secte, dans un climat de délire généralisé et de danse frénétique. Ces rites, hérités des sorciers et des chamans, avaient lieu dans le plus grand secret – les adeptes devaient prêter serment. Selon la croyance, le Saint-Esprit descendait sur tous les membres de la secte au cours de la « réjouissance ».

Les sectaires eurent l'idée d'envoyer leurs « Christs » auprès du tsar, afin d'aider celui-ci à sauver l'Empire de la déchéance – comme le tentera plus tard Raspoutine. Ils élaborèrent même un projet de transformation de la Russie, dans lequel les « hommes de Dieu » gouverneraient : le plus grand « Christ » vivant serait attaché à la personne du tsar et chaque ministre aurait son propre « Christ », sorte de « commissaire » chargé de la spiritualité. En 1803, le projet fut présenté à Alexandre Ier, mais ce dernier le rejeta.

Au début du XIXe siècle, la secte n'attira plus seulement les paysans tyrannisés – auxquels elle ouvrait la porte d'un monde aux possibilités illimitées –, mais aussi des propriétaires fonciers, des membres du clergé et de la noblesse, hauts fonctionnaires, généraux, ministres…, qui se retrouvaient à Saint-Pétersbourg, dans le château Mikhaïlov. À la tête de ce « navire » se trouvait la générale Tatarinova, qui avait le sentiment d'être une « Mère de Dieu » et s'était découvert le don de prophétie. La nuit, dans le château, se déroulaient des cérémonies où se mêlaient danses frénétiques, incantations et prophéties. Les rites qui, initialement, se distinguaient par leur ascétisme intransigeant, dégénérèrent peu à peu en orgies où se déchaînaient les passions… Le « navire » perdura jusqu'à la fin du règne d'Alexandre Ier.

Dans ce contexte apparut la secte des castrateurs (*skoptsi*), qui reçut également les faveurs du tsar et de son entourage. Son chef spirituel vilipendait les dérives sexuelles précédemment décrites et prêchait un ascétisme absolu, qui ne pouvait être atteint que par la castration. Au fondement de la doctrine se trouvait un passage de l'évangile selon saint Matthieu, interprété à la lettre par des paysans incultes comme un appel à l'action concrète et immédiate. Au verset 12 du dix-neuvième chapitre, le Christ dit à ses disciples, à propos des eunuques, que certains le sont dès le sein de leur mère, que d'autres le deviennent par l'action des hommes, que d'autres enfin se rendent eux-mêmes ainsi, afin d'accéder au royaume des cieux. Les membres de la secte, hommes et femmes, se livraient donc volontairement à d'épouvantables mutilations, convaincus de leur supériorité sur les hommes ordinaires. Ainsi de nombreuses photos prises au XXe siècle montrent-elles des personnages ressemblant à des mutants, ayant perdu toute différence sexuelle.

Dans la seconde moitié du XIXe siècle, le tsar Alexandre II consacra beaucoup de temps au spiritisme et à l'astrologie. Son intérêt pour le baron Lamsdorf, médium allemand, fut partagé par l'héritier du trône, Alexandre III, et son épouse, l'impératrice Maria, mère de Nicolas II qui perpétua lui aussi cette « tradition » : un mélange de paganisme et de christianisme caractéristique de la Russie éternelle.

Le fantôme de Raspoutine au KGB

Le fantôme de Raspoutine, du moins son esprit irrationnel, toucha d'une manière inattendue les activités du KGB, la police secrète du Kremlin. Au début des années 1960, la presse moscovite publia de nombreux articles, afin de faire comprendre que les ovnis n'étaient qu'une « hallucination du chômeur occidental désespéré par la crise du capitalisme mondial » ! Dans la lutte contre l'Ouest, les prétendus extraterrestres servirent en quelque sorte d'argument idéologique. Officiellement, les ovnis n'existaient pas – ils ne pouvaient pas exister. Officieusement, il en allait tout autrement.

Les scientifiques et les correspondants du KGB s'étaient mis à répertorier avec soin des indices sur ces objets volants non identifiés, en URSS et à l'étranger. Les spécialistes des renseignements militaires consignèrent ainsi un nombre non négligeable d'apparitions d'objets volant dans le ciel à très grande vitesse ou de formes lumineuses sans explication scientifique.

Pourquoi les services secrets s'intéressaient-ils à ces étranges manifestations ? D'abord parce que l'une de leurs missions consistait à surveiller étroitement tout ce qui se passait dans la société, et les ovnis constituaient, de ce point de vue, un phénomène qu'il fallait contrôler. Une autre raison tenait au virus de l'« espionnite » qui ravagea bien des têtes.

À l'époque, les affaires d'espionnage avaient perturbé les relations entre l'URSS et les États-Unis – en particulier l'avion espion U2 abattu au-dessus du territoire soviétique. Le Kremlin vivait dans la hantise que les Américains aient mis au point des armes ou des appareils pouvant leur assurer la suprématie militaire. L'intérêt pour les ovnis s'inscrivait dans ce contexte de percées technologiques et de peur d'un conflit. En Russie, deux écoles s'affrontèrent pour expliquer le phénomène. Les sceptiques n'y voyaient que la manifestation d'hallucinations collectives, de témoignages douteux ou de canulars. Les autres prenaient les ovnis au sérieux, même s'ils n'avaient aucun éclaircissement rationnel à fournir.

En 1947, déjà, Staline avait convoqué plusieurs scientifiques, afin d'obtenir des réponses sur ce que pouvaient être les ovnis. Après une étude rapide, les experts auraient répondu que « les soucoupes volantes ne présent[aient] pas de danger pour l'URSS, qu'elles n'[étaient] pas une arme secrète des Américains, mais que, le phénomène existant, il [fallait] l'étudier minutieusement ». Le Kremlin créa alors des structures appropriées pour l'« étude des ovnis ». En 1968, dans sa réponse à une lettre adressée par des constructeurs et ingénieurs de l'aviation au président du Conseil des ministres, suggérant de constituer un organisme dédié à l'étude des ovnis, l'État reconnut qu'il s'occupait déjà de la question. Tout en se gardant bien de tirer des conclusions hâtives, le KGB répertoria systématiquement les déclarations de chacun.

Voilà qu'en Sibérie les fripes de Raspoutine côtoyaient les combinaisons aux lignes futuristes des extraterrestres, les hallucinations collectives et même la prémonition des découvertes futures ! Pour les agents secrets, force était de constater qu'au fond du « sac à miracles », derrière les vieux papiers marxistes et les slogans fanés, se camouflaient les éternels fantasmes de la Russie éternelle. Tout se mélangeait en un tourbillon qui plongeait ses racines dans les entrailles de la civilisation russe.

Un phénomène étrange survint le 30 juin 1908. Ce jour-là, une immense lueur embrasa soudainement le ciel de Sibérie, sur des centaines de kilomètres à la ronde. Les habitants crurent à la fin du monde, des gardiens de troupeau furent projetés en l'air comme des fétus de paille, les enfants se mirent à pleurer. Ils déclarèrent plus tard avoir vu quelque chose de semblable à un cylindre tomber sur terre, puis une énorme déflagration se fit entendre dans un rayon de mille kilomètres. Les sismographes du monde entier enregistrèrent la secousse tellurique qui parcourut toute la surface de la terre. Un gigantesque nuage de poussière lumineuse s'étendit sur la moitié du globe et, pendant plusieurs jours, on put lire en pleine nuit comme s'il faisait jour, à Moscou, à Paris et à Londres !

Que s'était-il passé ? Les journaux évoquèrent la chute d'une météorite d'un volume exceptionnel.

L'événement fut appelé le « miracle de Tunguska », du nom de la petite rivière près de laquelle il se produisit, qui coule au milieu des sapins millénaires de la taïga. Depuis, les scientifiques, les chamans ou de simples aventuriers n'ont cessé de se rendre dans cette lointaine région pour y trouver l'explication de l'énigme. Si une météorite avait été à l'origine de l'explosion, elle aurait dû creuser un cratère gigantesque. Or, on n'en a découvert aucun. Seule la surface du sol fut brûlée à l'endroit présumé de la chute de l'objet. L'absence de cratère aurait pu s'expliquer par la désintégration de la météorite dans l'atmosphère, mais, selon les calculs des astronomes, sa vitesse aurait alors dû dépasser les vingt kilomètres par seconde, alors que les témoignages recueillis à l'époque attestent qu'elle n'excédait pas trois à cinq kilomètres par seconde. Les mêmes témoignages précisent que l'objet – de forme cylindrique, long d'une soixantaine de mètres et pesant environ six mille tonnes – vola pendant un certain temps parallèlement à la surface terrestre.

La polémique engagée autour de cet événement fournit une nouvelle illustration de ce désir insatiable de croire aux miracles, qui caractérise la mentalité russe. Pendant ce temps, un artiste de renom, Rerikh, affirmait haut et clair qu'il s'agissait d'un message des extraterrestres : en envoyant sur terre un de leurs engins, ils auraient voulu, à l'aube du XXe siècle, « prévenir l'humanité des dangers et des cataclysmes qui l'attendaient ». La zone de l'impact aurait été choisie pour son caractère quasi désertique. Pour d'autres, une explosion atomique était à l'origine du phénomène : la luminosité et le champignon, dont on fit alors de nombreuses descriptions, ne laissaient aucun doute là-dessus. En outre, la température relevée à l'épicentre de l'explosion avait dû atteindre trente millions de degrés !

Mais les plus étonnants témoignages recueillis par les services secrets du Kremlin concernent l'événement qui a eu lieu le 20 septembre 1977 dans la région de Petrozavodsk. Un objet d'une luminosité exceptionnelle et de forme hémisphérique apparut dans le ciel. Il envoyait vers le sol une telle quantité de rayons que les témoins parlèrent d'un « déluge de lumière ». Quelques minutes plus tard, la « pluie » cessa et l'objet commença à se déplacer en direction du lac voisin. Les habitants de la ville purent observer le phénomène pendant une bonne dizaine de minutes. L'objet, de couleur pourpre et bordé de blanc, se déplaçait sans faire de bruit. Au bout d'un moment, un petit appareil sortit de la demi-sphère et survola l'avenue centrale de la ville, provoquant la frayeur sur son passage. Au beau milieu du faisceau lumineux, des pompiers se retrouvèrent figés dans leur camion, avec la sensation de ne rien pouvoir faire. Les descriptions les plus précises proviennent des passagers d'un bateau qui se trouvait sur le lac. L'ovni s'approcha d'eux, les survola un moment et descendit si bas qu'ils purent en réaliser un croquis et déterminer son diamètre, d'une centaine de mètres.

La mission d'enquête qui se rendit sur place fit une constatation troublante : sur la zone, les vitres des maisons étaient percées de trous de cinq à sept centimètres de diamètre, aussi nets que si le verre avait été découpé au diamant. Quelques échantillons furent envoyés à Moscou pour être analysés, mais aucune explication cohérente ne put être avancée, et le phénomène fut classé top secret. Les ingénieurs travaillant cette nuit-là sur des sites voisins rapportèrent que les machines électroniques avaient disjoncté. Officiellement, les autorités prétendirent qu'il s'agissait, une fois de plus, d'une météorite.

Curieusement, on relève davantage de phénomènes inexplicables dans des régions qui longent la ligne du Transsibérien. Contrairement à ce que l'on pourrait imaginer, ce ne sont pas celles où la consommation d'alcool est la plus élevée, mais des zones stratégiquement importantes en raison des bases militaires qu'elles abritent. C'est une des raisons pour lesquelles le KGB a toujours suivi ces affaires de près.

Les événements extraordinaires qui se déroulèrent dans la nuit du 14 juin 1980 jouèrent un rôle décisif dans la perception du phénomène des ovnis par les autorités soviétiques. Il était 4 heures du matin quand l'officier de permanence au siège du KGB, à Moscou, fut tiré de sa torpeur par un coup de téléphone. À l'autre bout du fil, le président du KGB en personne, Andropov, ordonnait d'une voix angoissée le branle-bas de combat général. Un ovni avait été signalé dès 22 h 30, près de la ville de Toula, quasiment au-dessus du village natal de Léon Tolstoï, Iasnaïa Poliana. L'objet, sphérique et extrêmement lumineux, se dirigeait vers Moscou.

Quand l'information fut communiquée au commandement militaire, elle suscita l'affolement : bien qu'aucun radar de la défense antiaérienne n'ait signalé la présence d'intrus dans le ciel, les autorités pensaient qu'une attaque surprise américaine avait pu être déclenchée contre le pays. Mais quand l'alerte fut donnée, l'objet volait déjà au-dessus de l'aéroport principal de Moscou, semant la panique parmi le personnel. Un impressionnant spectacle se grava alors dans la mémoire de ceux qui en furent les témoins : une couronne lumineuse sortit de l'ovni et, de cette couronne, s'échappèrent quatre gigantesques rayons lumineux formant une sorte de croix de Saint-André. Puis l'ovni s'éloigna, laissant derrière lui une traînée de lumière incandescente. Trois petits appareils s'en détachèrent alors. Mais les avions militaires MiG qui se jetèrent immédiatement à leur poursuite ne purent les rattraper, ils avaient à leur tour disparu… L'astronome Gindilis, en service à l'observatoire de Moscou cette nuit-là, put également transmettre une description détaillée de l'ovni.

Après cet événement, qui avait pu être observé par des milliers de gens paniqués, Andropov décida de créer une commission spéciale chargée d'étudier ces phénomènes inexplicables. Son premier travail fut d'enquêter sur ce qui venait de se produire. Une association de représentants de la société civile consacrée aux ovnis vit aussi le jour à cette époque, réunissant un amiral, deux cosmonautes (Khrounov et Nazarov), ainsi que des astronomes et des physiciens.

Ces activités insolites des services secrets sont devenues publiques avec la déclassification, en 1991, de dossiers du KGB couvrant la période de 1982 à 1990, reflet de l'aspect le plus inattendu de la mentalité des services de renseignements du Kremlin durant cette période ténébreuse du communisme en Union soviétique. Déjà à la fin des années 1980, sous Gorbatchev, les informations réunies par les militaires sur les ovnis avaient commencé à circuler sur la place publique – Gorbatchev fut d'ailleurs le premier dirigeant soviétique à reconnaître officiellement, en 1989, que des établissements scientifiques se livraient à des recherches sur les ovnis.

Ces informations passionnèrent à ce point les gens que l'Église orthodoxe fit savoir qu'elle se préoccupait elle aussi de ces manifestations. De nombreux faits s'y rapportant avaient déjà été relatés, écrits ou peints au cours des siècles, partout dans le monde. Ainsi, le *Mahabharata* indien apportait maints détails techniques sur les ovnis, en particulier sur des engins de forme sphérique, et les chroniques de la Chine ancienne décrivaient l'arrivée de l'empereur Wan Di sur un chariot lumineux venu du ciel. Pour autant, la hiérarchie orthodoxe considérait officiellement les apparitions d'ovnis comme des cas d'hypnose collective résultant de l'œuvre du Malin.

Volonté de croire aux miracles, réalité scientifique, hallucination collective ? Le KGB évita de porter un jugement définitif sur le phénomène des ovnis. En Russie, ceux qui croient dur comme fer en l'existence des extraterrestres ne font sans doute que donner une vigueur nouvelle aux superstitions d'antan, quand des créatures de légende aidaient les hommes à surmonter les périls, les consolaient de leurs malheurs ou les guidaient dans l'incertitude, comme autrefois Grigori Raspoutine.

Les mysticismes postcommunistes

Quelques jours avant sa mort, Raspoutine confia ces paroles : « Je dois à la Russie d'être celui que je suis ; c'est d'elle intérieurement que je suis sorti, toutes mes sources profondes sont là-bas, là où se livre le combat final entre Dieu et le diable. » Il ajouta que le pays allait « revenir à Dieu, face à un esprit athée et embourgeoisé » et que le « miracle russe » tiendrait à la « mission spirituelle du pays ».

Comment définir cette quête de spiritualité si fortement ancrée dans l'âme des Russes ? Le Sibérien lui-même se référait à Dostoïevski pour la décrire : « C'est avant tout l'oubli de toute mesure… C'est le besoin de dépasser les bornes, le besoin de sentir son cœur défaillir au bord du précipice et de s'y pencher jusqu'à mi-corps. »

Soixante-dix années de dictature communiste n'ont pas réussi à effacer le mysticisme de l'âme slave. Mais combien, dans cette recherche, ont emprunté des chemins détournés ! Au XXIe siècle, la croyance inaltérable dans le pouvoir de médiums déguisés en prophètes est devenue un phénomène de société.

Le chamanisme, particulièrement répandu en Sibérie, fut interdit par les autorités soviétiques dès la fin des années 1920. Néanmoins, nombre de chamans continuèrent à pratiquer les rituels et les soins en secret, car leur don est avant tout un devoir : si, selon les croyances ancestrales, chacun peut sentir la présence et subir la force des esprits au quotidien, seul le chaman sait communiquer et négocier avec eux. Seul il sait naviguer dans les mondes invisibles où ils résident et en revenir. Seul il peut retrouver l'âme égarée du malade et lui faire ainsi recouvrer la santé. Seul il peut accompagner l'âme du défunt dans l'au-delà et transmettre ses dernières volontés. Il est celui qui lit dans le passé et dans l'avenir. Ces « sorciers » furent souvent dénoncés et envoyés par les communistes dans des camps de travail, ou simplement exécutés. Mais, même en déportation, ils restaient respectés et craints, et leurs prophéties étaient rapportées de bouche à oreille par les détenus.

À la fin du communisme fut créée la première association de chamans. Autrefois, ces hommes vivaient dans les steppes, en communion avec la nature, et les malades les remerciaient par un don. Ils officiaient toujours en solitaire, deux chamans ne pouvant pas, traditionnellement, exercer sur un même territoire. Mais au début du XXIe siècle, une mutation s'est opérée. Les chamans fascinent de plus en plus. Désormais installés en ville, ils ont pignon sur rue. Conséquence inéluctable et perverse : les soins sont payants et les tarifs indiqués à la caisse remplacent l'offrande du malade. Les revenus des nouvelles « polycliniques chamanistes » sont même redevables de l'impôt. Leurs associations accueillent en stage des guérisseurs et des chercheurs, mais aussi, plus récemment, des « spiri-touristes » venus de l'Ouest, à la recherche de sensations mystiques. Certains, prônant un retour aux sources, souhaitent tout de même revenir à la nature, et, après avoir hiverné seuls six mois durant dans la taïga, décident de regagner un village isolé.

Les années de communisme n'ont pas non plus modifié fondamentalement l'existence des communautés que les autorités considéraient comme des sectes – baptistes et chrétiens évangéliques, adventistes du septième jour, molokanes, mennonites, doukhobors, entre autres – et qui vivaient depuis fort longtemps en marge de la société. Elles furent d'ailleurs persécutées moins pour leurs convictions religieuses que pour le soutien qu'elles recevaient de l'étranger. Le KGB considérait avant tout leurs membres comme des « adeptes des tendances mystico-religieuses de l'Occident ».

Après le communisme, l'intérêt accru pour le paranormal reflétait aussi une sorte de désarroi de l'opinion publique qui, encore de nos jours, croit à 42 % en l'existence du diable, comme elle croit aux ovnis, à la télépathie et à l'astrologie[1]. Cette résurgence explique sans doute la prodigieuse ascension des sectes dans les grandes villes russes. Leur nouvel âge d'or commença sous Gorbatchev, à la fin des années

1. Il est intéressant de noter que, parmi ces 42 %, on rencontre de nombreux hauts fonctionnaires de l'État.

1980, notamment avec l'implantation des sectes Hare Krishna et Moon. Aujourd'hui, les sectes comptent quatre à cinq millions d'adeptes en Russie. Dispersées dans tout le pays, elles comblent le besoin de réconfort – une concurrence qui inquiète l'Église orthodoxe.

En Sibérie, les « buveurs de lait » s'appliquent à vivre comme dans les temps les plus reculés et les « errants » entreprennent des voyages sans fin à travers les steppes et les forêts pour échapper à l'Antéchrist. En Ukraine, la Grande Fraternité blanche, secte millénariste très en vogue au début du XXIe siècle, semble vouloir suivre les traces des « travestis en blanc » (comme les anges) qui, au XIXe siècle, se rendaient de village en village porter la bonne parole, un peu comme les fols en Christ.

Cette Grande Fraternité blanche trouve son origine dans un coup de foudre entre un jeune docteur ès sciences, un certain Krivonogov, spécialiste en cybernétique, et une belle journaliste, Maria Tsvygoun, ancienne responsable de komsomol, membre du PCUS et député du bloc démocratique (1989-1990). Quand cette dernière confia sur l'oreiller à son compagnon que Dieu l'avait mandatée pour annoncer l'Apocalypse, il ne douta pas un instant qu'elle était le septième messie et la demanda en mariage sur-le-champ ! Ils décidèrent ensuite de fonder une secte et se firent appeler Jean-Baptiste et Maria Devi Khristos. Unis par le génie des relations publiques, ils prêchèrent de ville en ville, puis créèrent une maison d'édition et d'autres sociétés.

La secte connut une véritable réussite financière. Les services secrets ukrainiens recensèrent plus de quatre cent mille adeptes, dont nombre de jeunes. Les pouvoirs publics réagirent alors en accusant le couple de mener une « entreprise de sabotage ». Devant ces attaques, celle que beaucoup considéraient comme une déesse vivante ordonna à ses fidèles de s'immoler. Le jour fatidique, quelques centaines d'entre eux forcèrent les portes de la cathédrale Sainte-Sophie, à Kiev, pour accomplir leur rite. Lorsque les forces de l'ordre firent à leur tour irruption dans l'édifice, elles se retrouvèrent face à un spectacle extraordinaire : des jeunes, tous vêtus de blanc, dansaient une ronde extatique autour d'une femme en voile blanc. La déesse et son dieu furent arrêtés sur-le-champ. Menant une vie plus tranquille derrière les barreaux de la prison, ils ne renoncèrent cependant pas à prédire la fin des temps… La Grande Fraternité blanche n'a pas disparu et de nouveaux adeptes continuent d'affluer.

Mais le mysticisme ne s'est pas cantonné aux sectes. Dès les années 1980-1990, la télévision de Moscou diffusa aux heures de grande écoute des séances d'hypnose qui devinrent très populaires. Derrière la résurgence de ces pratiques, on décelait certes un désir de fuir le désarroi du réel et une alternative à l'incertitude de l'époque. Mais on y voyait surtout une illustration des facettes inattendues de l'« histoire longue » de ce pays, selon l'expression de Fernand Braudel, faisant cohabiter la fin du XXe siècle et le début du XXIe siècle avec les traditions de la Russie éternelle de Raspoutine, profondément attachée à l'invisible.

Anatoli Kachpirovski, qui présentait ces émissions, fut d'ailleurs rebaptisé « le nouveau Raspoutine » par le public. Non que ce guérisseur ait joué un rôle similaire auprès des chefs du Kremlin, mais, aux yeux des gens, il apparaissait au moins aussi important que les hommes politiques de premier plan – il fut même élu député au parlement du pays. À l'heure du programme s'instaurait un drôle de couvre-feu vidant les rues de Moscou.

Des centaines de téléspectateurs déclarèrent avoir été guéris grâce à ses émissions. Parmi les maladies qu'il prétendait soigner en priorité figuraient le diabète, les insomnies, certaines formes de mélanome, le psoriasis. En direct, il anesthésiait sous hypnose ou rendait l'usage de ses jambes à un paralytique, il faisait disparaître des cicatrices postopératoires ou repousser des cheveux colorés dans des chevelures toutes blanches. Et tout cela en présence d'huissiers ! En outre, comme autrefois Raspoutine, il se flattait de faire éprouver aux dames d'un certain âge – par télévision interposée – une sensation intense, souvent quelque peu oubliée avec le temps !

La renommée de ce personnage énigmatique débuta dans sa ville natale, à Kiev, capitale de l'Ukraine, où il exerça son métier de médecin généraliste durant vingt-cinq ans. Mais le secret de son succès résidait dans son art de l'hypnose. Le front haut, le regard pénétrant, il était vêtu de noir, en souvenir de l'acteur américain Yul Brynner dans *Les Sept Mercenaires*, le film le plus populaire des années 1950 en Russie soviétique. Le personnage, qui frisait la mégalomanie, se considérait comme une des grandes figures du XXe siècle, au même titre que Freud ou Einstein, affirmant avoir découvert que chaque être humain possédait dans son esprit « un potentiel comparable à un logiciel, qui pouvait être activé par l'individu lui-même », et dont dépendait sa condition physique. Ce thaumaturge des temps modernes professait ainsi : « Nous vieillissons uniquement parce que nous croyons que devenir vieux est une nécessité. » Pour rester jeune, il suffisait de programmer le « logiciel », afin de conserver l'esprit dans un réflexe de jeunesse. Il était convaincu de pouvoir replacer l'être dans un courant énergétique positif et éliminer de la sorte les « ondes négatives » à l'origine des maladies et des insuffisances.

Comme Raspoutine autrefois, les séances de Kachpirovski réunissaient majoritairement des femmes. Dans la salle, l'ambiance était électrique tant les gens espéraient un miracle. Certains se levaient, en extase, et se mettaient à danser, mains levées vers le ciel. En ces temps de troubles, l'attente du prodige remplissait le vide laissé par la disparition du communisme que l'Église ne parvenait pas à combler. La hiérarchie orthodoxe se limitait à affirmer que pareil mage était guidé par une « force diabolique », alléguant notamment que, si tant de médiums ordonnaient à leurs patients d'enlever tout objet métallique pour réaliser leurs expériences, c'était pour faire disparaître les croix que beaucoup portaient sur eux, et non pour des questions de magnétisme.

Parallèlement à ces phénomènes, on croisait dans les rues de Moscou de vieilles retraitées traînant leur nostalgie et exhibant un portrait de Staline, alors même qu'elles consacraient – comble du paradoxe ! – une grande partie de leur temps à la dévotion rituelle dans les églises, multipliant les génuflexions, les signes de croix et les baisers sur les icônes protégées par des vitres. Mais la contradiction apparente ne semblait pas les gêner : que demandent les Russes à l'Église, si ce n'est de les rassurer, de leur offrir des certitudes, de les accompagner dans leur retour vers la Russie éternelle ? Ils attendent qu'elle soit un refuge où ils puissent retrouver la confiance et leurs rêves du vieil Empire où chacun et chaque chose restait à sa place.

CHRONOLOGIE

1853 *(oct.)*-1856	Guerre de Crimée.
1855-1881	Règne d'Alexandre II.
1861, *février*	Abolition du servage.
1864	Réforme administrative et judiciaire, création des zemstvos (conseils locaux).
1865-1885	Conquête de l'Asie centrale par la Russie.
1873	Alliance des Trois-Empereurs (Guillaume Ier, François-Joseph Ier, Alexandre II).
1873-1875	Mouvement Marche vers le peuple des intellectuels populistes.
1876-1879	Activité de l'organisation révolutionnaire Terre et Liberté.
1881, *1er mars*	Assassinat d'Alexandre II par les populistes.
1881-1894	Règne d'Alexandre III.
1887, *1er mars*	Tentative d'attentat contre Alexandre III à Saint-Pétersbourg – Alexandre Oulianov, le frère aîné de Vladimir Oulianov (le futur Lénine), y est impliqué.
1891	Début de la construction du Transsibérien.
1891-1893	Alliance franco-russe.

1894-1917	Règne de Nicolas Il.
1896	
Mai	Catastrophe de la Khodynka (tragiques mouvements de foule pendant les fêtes du couronnement de Nicolas II à Moscou).
Octobre	Nicolas II en visite officielle en France.
1905	Guerre russo-japonaise.
Janvier	Première révolution russe.
9 janvier	« Dimanche rouge », la police et l'armée tirent sur une manifestation pacifique devant le palais d'Hiver.
14-25 juin	Mutinerie du croiseur *Potemkine* devant Odessa.
25 août	Traité de paix de Portsmouth entre la Russie et le Japon.
17 octobre	Manifeste du tsar Nicolas II promettant des libertés politiques et la réunion d'une douma d'État législative.
1917	
2 mars	Formation d'un gouvernement provisoire.
3 mars	Abdication de Nicolas II.
Juin	Offensive russe sur le front sud, marquée par un échec.
11 juillet	Kerenski devient président du Conseil.
Août	Tentative contre-révolutionnaire du général Kornilov, circonscrite par la Garde rouge.
1er septembre	Proclamation de la République ; Kerenski prend la tête d'un directoire.
25-27 octobre	Coup d'État sous la direction des bolcheviks. Formation du Conseil des commissaires du peuple, présidé par Lénine ; décrets sur la paix et la terre.

1918	
5 janvier	Réunion de l'Assemblée constituante élue à Petrograd.
6 janvier	Dissolution de la Constituante.
15 janvier	Formation de l'Armée rouge.
1er/14 février	Adoption du calendrier grégorien.
10-11 mars	Moscou devient la capitale de la Russie ; le gouvernement soviétique s'installe au Kremlin.
1924	Mort de Lénine.
1924-1953	Staline dirige l'Union soviétique.
1953-1964	Khrouchtchev dirige l'Union soviétique.
1964-1982	Brejnev dirige l'Union soviétique.
1985	Gorbatchev, secrétaire général du PCUS, lance la *perestroïka*.
1990	Instauration d'un régime présidentiel en URSS.
1991	
Mars	Gorbatchev est élu président de l'Union.
Juin	Eltsine est élu président de la Fédération de Russie.
Décembre	Fin de l'URSS.
1996, *juin*	Eltsine est réélu à la présidence de la Fédération de Russie.
2000, *mars*	Poutine est élu à la présidence de la Fédération de Russie.

BIBLIOGRAPHIE

Sur l'empire des tsars

ALGAROTTI (Francesco), *Viaggi di Russia*, Turin, Einaudi, 1942.

ATTENHOFER (Heinrich Ludwig VON), *Medizinische Topographie der Haupt und Residenzstadt St. Petersburg*, Zurich, Orell, Füssli & Compagnie, 1817.

BELL (John), *Travels from St. Petersburg in Russia, to Various Parts of Asia*, Édimbourg, William Creech, 1783, vol. I.

BERNOULLI (Johann), *Reisen durch Brandenburg, Pommern, Preußen, Kurland, Rußland und Pohlen in den Jahren 1777 und 1778*, Leipzig, Caspar Fritsch, 1780, vol. IV.

BONNELL (Victoria), *The Russian Worker : Life and Labor under the Tsarist Regime*, Berkeley, University of California Press, 1983.

BREMNER (Robert), *Excursions in the Interior of Russia*, Londres, Henry Colburn, 1839, vol. I.

BUDDEUS (Aurelio), *Zur Kenntniß von St. Petersburg im kranken Leben*, Stuttgart, 1846.

BÜSCHING (Anton), *Eigene Lebensgeschichte in vier Stücken*, Halle, J.J. Curt, 1789.

CARR (John), *Travels Round the Baltic*, Philadelphie, Samuel Bradford, 1805.

CASANOVA DE SEINGALT (Jean-Jacques), *Mémoires*, Paris, Gallimard, 1958-1960.

CHANTREAU (Pierre-Nicolas), *Voyage philosophique, politique et littéraire fait en Russie pendant les années 1788 et 1789*, Paris, Briand, 1794.

COMEIRAS (Victor DELPUECH DE), *Tableau général de la Russie moderne et situation politique de cet Empire au commencement du XIXe siècle*, Paris, Goujon fils, 1802.

COOK (John), *Voyages and Travels Through the Russian Empire, Tartary and Part of the Kingdom of Persia*, Édimbourg, 1770, vol. I.

COXE (William), *Voyage en Pologne, Russie, Suède, Danemark*, traduit de l'anglais par P.-H. Mallet, Genève, Barde, Manget et Cie ; Paris, Buisson, 1786, vol. I.

FAURE (R.), *Souvenirs du Nord*, Paris, Pélicier et Mongie, 1821.

GALCAZZO (A.), *Narrazioni degli soggiorni a Petersburg*, Padoue, 1816.

GRANVILLE (K.B.), *Guide to St. Petersburg*, Londres, 1835, vol. I.

GREEN (George), *An Original Journal from London to St. Petersburg by Way of Sweden*, Londres, 1813.

GRÈVE (Claude DE), *Le Voyage en Russie, Anthologie des voyageurs français aux XVIIIe et XIXe siècles*, Paris, Laffont, coll. « Bouquins », 1990.

JERRMANN (E.), *Unpolitische Bilder aus St. Petersburg : Skizzen, nach dem Leben gezeichnet*, Berlin, 1851.

KOHL (J.), *Petersburg in Bildern und Skizzen*, Dresde/Leipzig, Arnold, 1841.

LA MOTTRAYE (Aubry DE), *Voyages en anglois et en françois, en diverses provinces et places de la Prusse ducale et royale, de la Russie, de la Pologne, etc.*, La Haye, 1732.

LESCALLIER (Daniel), *Voyage en Angleterre, en Russie et en Suède, fait en 1775*, Paris, Firmin-Didot, 1799.

MAY (Jean-Baptiste), *Saint-Pétersbourg et la Russie en 1829*, Paris, Levasseur, 1830, vol. I-XI.

MOLINARI (Gustave DE), *Lettres sur la Russie*, Paris, Dentu, 1877.

MÜLLER (D. Chrétien), *St. Petersburg : Ein Betrag zur Geschichte unserer Zeit in Briefen. Aus den Jahren 1810-1813*, Mayence, 1815.

POSSART (Paul Anton Fedor Konstantin), *Das Kaiserthum Rußland*, Stuttgart, Literatur-Comptoir, 1840-1841.

PUTNAM (Peter), *Seven Britons in Imperial Russia, 1698-1812*, Princeton, New Jersey, Princeton University Press, 1952.

REGNAULT (Amable), *Esquisses historiques sur Moscou et Saint-Pétersbourg*, Paris, Bertrand, 1857.

REICHARD (Heinrich August Ottokar), *Guide des voyages en Europe, Allemagne, Danemark, Norvège, Suède, Russie*, 3e édition, Weimar, 1805, vol. M.

REIMERS (Heinrich VON), *St. Petersburg : Zweibund der vier ersten Jahren der glorreichen Regierung Sr. Kaiserlichen Majestät Paul des Ersten*, Saint-Pétersbourg, 1805.

SAINT-PIERRE (Jacques-Henri BERNARDIN DE), « Observations sur la Russie », *in Œuvres complètes*, Paris, Méquignon-Marvis, 1818, vol. H.

SCHELLEN (baron VON), *Leben und Reisen den Baron von Schellen, ehemaligen rußischen kaiserlichen Lieutenant…*, Francfort/Leipzig, 1789.

SÉGUR (Louis-Philippe DE), *Mémoires ou Souvenirs et anecdotes*, Paris, Eymery, 1824-1826, vol. I-M.

SMIRNOFF (Serge), *Autour de l'assassinat des grands-ducs*, Paris, Payot, 1928.

SOKOLOFF (Nicolas), *Enquête judiciaire sur l'assassinat de la famille impériale russe*, Paris, Payot, 1924.

STORCH (Heinrich), *Gemälde von St. Petersburg*, Riga, Johann-Friedrich Hartknoch, 1793, vol. I-XI. (Cet ouvrage existe également en traduction anglaise : *The Picture of Petersburg*, Londres, Longman/Rees, 1801.)

STRAHLENBERG (baron VON), *Description historique de l'Empire russien*, traduit de l'allemand, Amsterdam/Paris, Desaint et Saillant, 1757, vol. I.

VERNET (Horace), *Lettres intimes de M. Horace Vernet de l'Institut pendant son voyage en Russie (1842 et 1843)*, Paris, Gerhard, 1856.

Exacte Relation von der von Petro Alexiowitz erbauten Vestung und Stadt St. Petersburg, Leipzig, Förster, 1713.

Kurze Nachrichten die St. Peters-Schule betreffend, Saint-Pétersbourg, 1778.

Sur le XXe siècle avant 1917

Biographies de Raspoutine

AMALRIK (Andreï), *Raspoutine*, Paris, Le Seuil, 1982.

ENDEN (Michel DE), *Raspoutine ou la Fascination*, Paris, Fayard, 1976.

FUHRMANN (Joseph T.), *Rasputin. A Life*, New York, Praeger, 1990.

FÜLOP-MILLER (René), *Le Diable sacré, Raspoutine et les femmes*, Paris, Payot, 1930. (Édition de poche : *Raspoutine, La Fin des tsars*, Paris, J'ai lu, 1968.)

JONGE (Alex DE), *The Life and Times of Grigori Rasputin*, New York, Caroll & Graf, 1989.

MOUROUSY (Paul), *Alexandra Feodorovna, la dernière tsarine*, Monaco, Le Rocher, 2001.

RADZINSKY (Edvard), *Raspoutine, L'Ultime vérité*, Paris, Lattès, 2000.

TERNON (Yves), *Raspoutine, une tragédie russe*, Bruxelles, Complexe, 1991.

TROYAT (Henri), *Raspoutine*, Paris, Flammarion, 1996.

Archives

Archives secrètes de l'empereur Nicolas II, Paris, Payot, 1928.

Correspondance entre Guillaume II et Nicolas II (1894-1914), Paris, Plon/Nourrit, 1924.

Documents diplomatiques secrets russes (1914-1917), Paris, Payot, 1928.

Interrogatoires des ministres, conseillers, généraux, hauts fonctionnaires de la cour impériale russe par la commission d'enquête extraordinaire du gouvernement provisoire de 1917. La Chute du régime tsariste, Paris, Payot, 1927.

Journal intime de la générale A.V. Bogdanovitch, Paris, Payot, 1926.

Journal intime de Nicolas II, Paris, Payot, 1925.

Journal intime de Nicolas II (juillet 1914-juillet 1918), Paris, Payot, 1934.

Journal intime d'Alexis Souvorine (directeur du Novoïe Vremia*)*, Paris, Payot, 1927.

Lettres de l'impératrice Alexandra Feodorovna à l'empereur Nicolas II (28 avril 1914-4 mars 1917), Paris, Payot, 1924.

Lettres des grands-ducs à Nicolas II, Paris, Payot, 1926.

Mémoires

ALEXANDRE DE RUSSIE, *Quand j'étais grand-duc*, Paris, Hachette, 1933.

BAUERMEISTER (lieutenant), *La Guerre dans l'ombre*, Paris, Payot, 1933.

BOMPARD (Maurice), *Mon ambassade en Russie (1903-1908)*, Paris, Plon, 1937.

BOTKIN (Gleb), *The Real Romanovs*, New York, Revell, 1931.

BRUCE LOCKHART (Robert Hamilton), *Mémoires d'un agent britannique en Russie (1912-1918)*, Paris, Payot, 1933.

BYKOV (Pavel Mikhaïlovitch), *Les Derniers Jours des Romanov*, Paris, Payot, 1931.

DEHN (Lili), *The Real Tsaritsa*, Boston, Little/Brown, 1932.

DJANOUMOVA (Hélène), *Mes rencontres avec Raspoutine*, Paris, Fayard, 1923.

GILLIARD (Pierre), *Le Tragique Destin de Nicolas II et de sa famille*, Paris, Payot, 1921.

GRUNWALD (Constantin DE), *Les Nuits blanches de Saint-Pétersbourg*, Paris, Berger-Levrault, 1968.

GUERASSIMOV (général), *Tsarisme et terrorisme, Souvenirs 1909-1912*, Paris, Plon, 1934.

IOUSSOUPOV (Félix, prince), *La Fin de Raspoutine*, Paris, Plon, 1927. (Réédité par les éditions Complexe, 1982 et par les éditions du Rocher, 2005.)

—, *Mémoires*, Monaco, éditions du Rocher, 2005 (en particulier « Avant l'exil (1887-1919) »).

ISWOLSKY (Alexandre), *Mémoires (1906-1910)*, Paris, Payot, 1923.

KLEINMICHEL (Vivian Le Grand, comtesse), *Memories of a Shipwrecked World*, Londres, Brentano's, 1923.

KOKOVTSOV (Vladimir Nikolaïevitch), *Out of my Past : The Memoirs of Count Kokovtsov*, Stanford, Stanford University Press, 1935.

LUDENDORFF (Erich), *Souvenirs de guerre (1914-1918)*, Paris, Payot, 1921, vol. I-II.

MICHAGUINE-SKRYDLOFF (prince), *Russie blanche et Russie rouge*, Paris, Plon, 1935.

MOSOLOV (Alexandre Alexandrovitch), *At the Court of the Last Tsar*, Londres, Methuen, 1935.

PALÉOLOGUE (Maurice), *La Russie des tsars pendant la Grande Guerre*, Paris, Plon, 1932, vol. I-III.

PALEY (Olga, princesse), *Souvenirs de Russie (1916-1919)*, Paris, Plon/Nourrit, 1923.

POURICHKEVITCH (Vladimir), *Comment j'ai tué Raspoutine*, Paris, Povolozky, 1924.

RASPOUTINE (Maria), *Raspoutine, mon père*, Paris, Albin Michel, 1966.

RASPOUTINE (Maria), BARHAM (Pattie), *Rasputin : The Man behind the Myth*, Englewood Cliffs, New Jersey, Prentice-Hall, 1977.

RODZIANKO (Mikhaïl), *Le Règne de Raspoutine*, Paris, Payot, 1928.

SAZONOV (Sergueï), *Les Années fatales*, Paris, Payot, 1927.

SIMANOVITCH (Aron), *Raspoutine*, Paris, Gallimard, 1930.

SOLOVIEFF-RASPOUTINE (Marie), *Mon père Grigory Raspoutine, Mémoires et notes*, Paris, Povolozky, 1925.

SPIRIDOVITCH (Arthur), *Les Dernières Années de la cour de Tsarskoïe Selo*, Paris, Payot, 1928-1929, vol. I-II.

VORRES (Ian), *The Last Grand Duchess Olga Alexandrovna*, New York, Scribner's & Sons, 1964.

VYROUBOVA (Anna), *Souvenirs de ma vie*, Paris, Payot, 1927.

WITTE (comte), *Mémoires (1849-1915)*, Paris, Plon, 1921.

Sur la période soviétique

ADJOUBEÏ (Alexeï), *À l'ombre de Khrouchtchev*, Paris, La Table ronde, 1989.

ALBATS (Evguenia), *La Bombe à retardement, Enquête sur la survie du KGB*, Paris, Plon, 1995.

AMALRIK (Andreï), *L'Union soviétique survivra-t-elle en 1984 ?*, Paris, Fayard, 1970.

ANDREW (Christopher), MITROKHIN (Vasili), *The Sword and the Shield : The Mitrokhin Archive and the Secret History of the KGB*, New York, Basic Books, 1999.

BARRON (John), *KGB : The Secret Work of Soviet Secret Agents*, New York, Bantam Books, 1974.

BERIA (Sergo), *Beria, mon père*, Paris, Plon, 1999.

BESANÇON (Alain), *L'Anatomie d'un spectre*, Paris, Calmann-Lévy, 1994.

BLANC (Hélène), LESNIK (Renata), *Le Mal russe*, Paris, L'Archipel, 2000.

BOUKOVSKY (Vladimir), *Jugement à Moscou*, Paris, Laffont, 1995.

CARRÈRE D'ENCAUSSE (Hélène), *L'Empire éclaté, La Révolte des nations en URSS*, Paris, Flammarion, 1978.

—, *Le Pouvoir confisqué, Gouvernants et gouvernés en URSS*, Paris, Flammarion, 1980.

CHENTALINSKI (Vitali), *Les Surprises de la Loubianka*, Paris, Laffont, 1997.

CHERBARCHINE (Leonid), *Rouska Moskvy*, Moscou, Tsentr-100, 1992.

CHURCHILL (Winston), *The Aftermath*, Londres, MacMillan & Co, 1941.

COULLOUDON (Virginie), *La Mafia en Union soviétique*, Paris, Lattès, 1990.

DAIX (Pierre), *L'Avènement de la nomenklatura*, Paris, Complexe, 1982.

DJILAS (Milovan), *The New Class : An Analysis of the Communist Sytem*, New York, Praeger, 1957.

ELTSINE (Boris), *Jusqu'au bout !*, Paris, Presses Pocket, 1991.

—, *Sur le fil du rasoir*, Paris, Albin Michel, 1994.

—, *Mémoires*, Paris, Flammarion, 2000.

ENDEN (Michel DE), *Raspoutine et le crépuscule de la monarchie en Russie*, Paris, Fayard, 1976.

GATES (Robert), *From the Shadows*, New York, Simon & Schuster, 1996.

GORBATCHEV (Mikhaïl), Perestroïka*, Vues neuves sur notre pays et le monde*, Paris, Flammarion, 1987.

—, *Mémoires*, Monaco, Le Rocher, 1997.

GROMYKO (Andreï), *Mémoires*, Paris, Belfond, 1989.

GUETTA (Bernard), *Éloge de la tortue*, Paris, Hachette, 1991.

HELLER (Michel), *La Machine et les rouages, La Formation de l'homme soviétique*, Paris, Calmann-Lévy, 1985.

—, *Histoire de la Russie et de son empire*, Paris, Plon, 1998.

KENNAN (George), *The Nuclear Delusion : Soviet-American Relations in the Atomic Age*, New York, Pantheon Books, 1983.

KERVOKOV (Viatcheslav), *Taïnyï kanal*, Moscou, Gueïa, 1997.

KLEBNIKOV (Paul), *Godfather of the Kremlin*, New York, Harcourt, 2000.

KORJAKOV (Alexandre), *Boris Eltsine : ot rassveta do zakata*, Moscou, Interbouk, 1988.

KOSTINE (Sergueï), *Bonjour, Farewell*, Paris, Laffont, 1997.

KRIOUTCHKOV (Vladimir), *Litscnoïe delo*, Moscou, 1997.

LAPORTE (Maurice), *Histoire de l'Okhrana*, Paris, Payot, 1936.

LAURENT (Éric), *L'Effondrement*, Paris, Olivier Orban, 1992.

LECOMTE (Bernard), *Le Bunker, Vingt ans de relations franco-soviétiques*, Paris, Lattès, 1994.

LESNIK (Renata), BLANC (Hélène), *L'Empire de toutes les mafias*, Paris, Presses de la Cité, 1996.

LORRAIN (Pierre), *La Mystérieuse Ascension de Vladimir Poutine*, Monaco, Le Rocher, 2000.

LOUPAN (Victor), *Le Défi russe*, Paris, Les Syrtes, 2000.

MEDVEDEV (Roy), *Le Stalinisme : origines, histoire, conséquences*, Paris, Le Seuil, 1972.

—, *Staline et le stalinisme*, Paris, Albin Michel, 1979.

MODINE (Iouri), *Mes camarades de Cambridge*, Paris, Laffont, 1994.

PALAZCHENKO (Pavel), *My Years with Gorbatchev and Shevardnadze : The Memoir of a Soviet Interpreter*, Pennsylvania State University Press, 1997.

PLATONOV (Oleg), *Une vie au service du tsar : la vérité à propos de Raspoutine*, Saint-Pétersbourg, Voskresenye, 1996.

POPOV (Gavriil), *Que faire ? Mon projet pour la Russie*, Paris, Belfond, 1992.

POUTINE (Vladimir) (avec GUEVORKIAN N., TIMAKOVA N. et KOLESNIKOV A.), *Ot pervogo litsa*, Moscou, Vagrius, 2000.

ROCHE (François), *Le Hold-Up du siècle*, Paris, Le Seuil, 2000.

SIMANOVITCH (Aron), *Raspoutine, par son secrétaire*, Paris, Gallimard, 1930.

SOKOLOFF (Georges), *La Puissance pauvre*, Paris, Fayard, 1996.

SOLJENITSYNE (Alexandre), *Le Chêne et le Veau*, Paris, Le Seuil, 1975.

SOUDOPLATOV (Pavel), *Missions spéciales*, Paris, Le Seuil, 1994.

TCHERNAÏEV (Anatoli), *Chest' let s Gorbatchevym*, Moscou, Progress, 1993.

THOM (Françoise), *Le Moment Gorbatchev*, Paris, Hachette, coll. « Pluriel », 1989.

TIKHONOV (Nikolaï), *L'Économie soviétique : réalisations, problèmes, perspectives*, Moscou, Novosti, 1983.

VADROT (Claude-Marie), *Où va la Russie ?*, Paris, First, 1996.

YAKOVLEV (Alexandre), *Vospominania*, Moscou, Varguious, 2000.

ZINOVIEV (Alexandre), *Les Confessions d'un homme en trop*, Paris, Orban, 1990.

Beria, Fondation internationale pour la démocratie, Moscou, 1999.

Hearing on the Threat of Russian Organized Crime, comité des relations internationales de la Chambre des représentants, Washington DC, 30 avril 1996.

Hearing on Russian Corruption, comité sur les activités bancaires de la Chambre des représentants, Washington DC, 22 septembre 1999.

Les Grandes Énigmes du Kremlin, Genève, Crémille, 1973, dossiers I et II.

Table

L'ascension

La débâcle

L'HÉRITAGE

ANNEXES

Du même auteur :

Aux éditions du Rocher

La Magie de Saint-Pétersbourg, 2012.
Le Roman de l'espionnage, 2011.
Le Roman de Tolstoï, 2010.
Les Romans de la Russie éternelle, 2010.
Le Roman de l'âme slave, 2009.
Le Fantôme de Staline, 2007 ; prix du Droit de Mémoire.
Le Roman de l'Orient-Express, 2006 ; prix André-Castelot.
Le Roman de la Russie insolite, 2004.
Diaghilev et Monaco, 2004.
Le Roman du Kremlin, Le Rocher/Mémorial de Caen, 2004 ; prix Louis-Pauwels, prix du Meilleur Document de l'année.
Le Roman de Saint-Pétersbourg, 2003 ; prix de l'Europe.
L'Histoire secrète des Ballets russes, 2002 ; prix des Écrivains francophones.
Les Tsarines, 2002.

Chez d'autres éditeurs

Napoléon et Alexandre, Alphée, 2010.
Les Amours de la Grande Catherine, Alphée/Jean-Paul Bertrand, 2009.
Regards sur la France, ouvrage collectif sous la direction de K. E. Bitar et R. Fadel, Le Seuil, 2007.

Paris-Saint-Pétersbourg : une grande histoire d'amour, Presses de la Renaissance, 2005.

Les Deux Sœurs, Lattès, 2004 ; prix des Romancières.

La Guerre froide, Mémorial de Caen, 2002.

La Fin de l'URSS, Mémorial de Caen, 2002.

De Raspoutine à Poutine, les hommes de l'ombre, Perrin/Mémorial de Caen, 2001 ; prix d'Étretat.

Le Retour de la Russie, en coll. avec Michel Gurfinkiel, Odile Jacob, 2001.

Le Triangle russe, Plon, 1999.

Le Département du diable, Plon, 1996.

Les Égéries romantiques, en coll. avec Gonzague Saint Bris, Lattès, 1995.

Les Égéries russes, en coll. avec Gonzague Saint Bris, Lattès, 1993.

Histoire secrète d'un coup d'État, en coll. avec Ulysse Gosset, Lattès, 1991.

Histoire de la diplomatie française, Éditions de l'Académie diplomatique, 1985.